Alfonso Basterra

Cito

Cito

A Asunta.
Mi niña, mi vida, mi gran amor.

I

Eustaquio Afligido nació triste. Quedó huérfano de padre desde el mismo momento de la concepción. Inmaculado Afligido sufrió un colapso cuasi mortal en pleno acto sexual que le dejó tonto de por vida, si bien logró fecundar en su mujer, Esperanza, a su único hijo. El día del parto, la madre de Eustaquio fue atendida por el médico del pueblo, D. Cojoncio Tenazas, que hacía lo mismo de galeno que de fontanero, pues su habilidad con las herramientas era notable y empleada en artes diversas. El alumbramiento se prolongó durante 48 horas, de modo que el intervalo entre contracciones era aprovechado por D. Cojoncio para acercarse a la taberna del pueblo y obsequiarse con un Sol y Sombra generoso para rebajar tensiones. Cuando todo apuntaba a que la llegada al mundo de Eustaquio Afligido era inminente, el discípulo de Hipócrates llevaba una curda como un piano, si bien su dilatada experiencia, no solo como médico, sino también como veterinario, no le impidió entregar a Doña Esperanza el recién nacido con todas las garantías previstas, no sin antes que una mueca de desagrado se dibujase en su rostro. "Está triste", le dijo como únicas palabras. Las mismas permitieron a los habitantes del pequeño pueblo recuperar el viejo rumor que desde hacía décadas recorría la comarca y según el cual, D. Cojoncio, además de Doctor en Medicina, era nigromante.

Doña Esperanza recibió al bebé como si fuera una hoja de bacalao seco envuelto en papel de estraza, y certificó con gruesas lagrimas las palabras del médico. Lo que nadie pudo discernir fue si el torrente lacrimal era sincero o fruto de la especialidad laboral de la parturienta, de profesión plañidera. Una vez, aseado convenientemente, Eustaquio Afligido fue presentado a su padre que había quedado postrado en una mecedora por no había podido superar el climax sexual vivido nueve meses antes por primera y última vez en su vida. Aquella erupción volcánica sobrevenida en su miembro viril le dejó sin habla, impedido de toda clase de movimientos y con la boca abierta para siempre, de modo que cuando vio a su heredero no se produjo reacción alguna, ni de satisfacción, ni tampoco de reprobación, pese a haberlo dejado en tan lamentable estado. La comadrona, sin embargo, aseguró a la salida de Misa de aquel mismo día haber observado cierto repentino y visible abultamiento en la entrepierna del impedido.

El nuevo escenario abierto en su vida obligó a Doña Esperanza a compaginar su profesión natural con la regencia de la ferretería de la familia, en la que se despachaba dese puntas de acero y aguarrás, hasta cañas de pescar y colonia Varón Dandy a granel. Entendió la viuda en vida de D. Inmaculado que aquella doble carga laboral sería algo temporal, pues ya entonces, comprendió que su vástago sería quien se ocuparía del negocio familiar en un futuro mucho más próximo de lo que el mismísimo Eustaquio hubiera imaginado. Porque si había algo que Doña Esperanza le gustase verdaderamente no era otra cosa que el dinero, eso sí, "para llevar una vida decente y cristiana", como le gustaba decir.

Con el paso del tiempo el bebé se fue convirtiendo en un niño que era lo más parecido a un cachorro de bulldog francés. Por si no fuera suficiente, era, además de carácter poco social y taciturno, hasta el punto que no participaba ni en los partidos de fútbol que se disputaban en el Maracaná escolar, donde a falta de porterías dos pilas de jerseys hacían las veces de arquerías. La tristeza que ya había anticipado D. Cojoncio se plasmaba incluso en cada ocasión en que el balón traspasaba la línea de gol, pues ni una sola muestra de mínimo júbilo se observaba en el infante. No fue por tanto difícil que para sus compañeros apodarle "el triste", pues si bien el alias carecía de originalidad, le iba como anillo al dedo.

Y es que el bueno de Eustaquio estaba más próximo al mundo animal que al reino de los humanos. No fueron pocos los que aseguraban haberle visto conversar con vacas y otros cuadrúpedos, pero también con ranas, anátidas varias, amén de avutardas, torcaces, las omnipresentes perdices y también con codornices tras su llegada con la primavera, procedentes del Norte de África. De esta relación con la fauna local, asilvestrada o no, nació un conocimiento de la misma que con los años convertiría al pequeño Eustaquio en una suerte de biólogo, aunque sin título.

Doña Esperanza pronto entendió que había que invertir cuanto antes aquella situación y lograr la socialización urgente del pequeño Eustaquio. Así, en uno de sus encuentros semanales en el confesionario con el párroco del pueblo. D. Benigno Pila Bautismal, le pidió que acogiese a su hijo como monaguillo en la misa de domingo, no sin antes detallarle que sufría de ardores nocturnos cuya procedencia la beata atribuía, nada más y nada menos, que el mismísimo Lucifer. La respuesta inicial del representante de Dios, aunque fuera a nivel local, fue una negativa en toda regla, pues temía que la apatía permanente del pequeño espantara a los pocos feligreses que lograba reunir el último día de la semana en la Iglesia en honor a Santa Codorniz, nombre peculiar y mártir poco conocida entre el Santoral, pero coqueta como pocas. Sin embargo, la plática reiterada de Doña Esperanza entre reconocimientos de pecados varios acabó por doblegar al sacerdote. En lo tocante a la presencia del maligno en el lecho de la infortunada, D. Benigno descartó por el momento un exorcismo, si bien le recomendó fe para evitar la conversión del dormitorio en un Pandemonium.

Pese a los recelos iniciales del fraile, el niño Eustaquio se desenvolvió a la perfección entre vinajeros, hostias, paños, bandejas y cálices, si bien había sido adecuadamente aleccionado por D. Benigno para el oficio de sacristán con la misma maestría que D. Nicasio Pleitos, abogado y procurador de si mismo, utilizaba con los detenidos en el calabozo de la Benemérita antes de ser puestos a disposición de su Señoría. Es justo reconocer que D. Nicasio era hombre de trato afable y campechano, y en que en más de una ocasión había aprovechado el trayecto que separaba las mazmorras del juzgado para ir en compañía del detenido a tomarse un orujo antes de proceder a su defensa legal. En más de una ocasión se cuenta que fue visto también con el cabo del cuerpo armado que se había unido a tan singular procesión.

Aquella primera ceremonia había reunido en el templo a un número importante de fieles, atraídos por la noticia, que, como las liebres, corría ya desde hacía días por el pueblo, si bien tampoco fueron tantos, pues los residentes sobrepasaban en poco el medio millar de habitantes. Pero el debut del pequeño Eustaquio había suscitado cierto interés entre los parroquianos ante la mansedumbre informativa de la localidad.

Fieles a la tradición castellana, al igual que ocurría en el territorio homólogo de las entonces Vascongadas, los congregados se dividían en dos bloques principales que dejaban bien a las claras la separación de sexos. Las mujeres delante y los hombres detrás, todos aquellos cubiertos con idéntica panoplia que confería al templo una luminaria más bien oscura, y que desde el exterior más de uno se preguntaba si en lugar de la consabida misa no se estaría celebrando un funeral.

En cuanto a los niños, pocos, ocupaban los bancos intermedios, aunque bajo la supervisión de alguna representante del colectivo femenino, siempre mayoritario en materia de obligaciones celestiales, la cual no dudaba en atizar un sonoro cachete en cuanto alguno de los infantes comenzaba a dar muestras de rebeldía, algo que, por lo general coincidía con el sermón del sacerdote, empeñado en mantener viva la idiosincrasia corintia. Y no era de extrañar la irrupción revolucionaria, pues, entre otras cosas, la dicción de D. Benigno era difícil de traducir en un lenguaje comprensible. De hecho, al finalizar cada homilía, nadie podía asegurar qué les había querido trasladar el párroco, pues su oratoria era una mezcla sonora entre la berrea otoñal y el croar de un sapo en celo.

Pese a tan misteriosos mensajes, el éxito logrado por el nuevo monago se repitió en varias ocasiones más, si bien con el transcurrir del tiempo y bajo la mirada atenta del Altísimo se produjo una metamorfosis preocupante en el fraile. D. Benigno comenzó a sufrir nada más finalizada la misa una suerte de depresión temporal que se prolongaba hasta bien entrada la semana y que no se aliviaba salvo ingesta masiva de la mistela que el sacerdote utilizaba para oficiar la Comunión. El problema lejos de afectar únicamente al párroco se trasladó cual pandemia, también al resto de parroquianos. De hecho, fue Indalecio Crianza, propietario de la taberna Las tres uvas, y único ateo oficial en el pueblo, el primero en apreciar el cambio experimentado por sus convecinos.

La pista se la proporcionó, de un lado, el aumento notable de clientes que venían produciéndose desde hacía un par de meses en su local, y de otro, los altos consumos de cognac, mujeres incluidas, en franjas horarias poco habituales. De modo que la ausencia de fieles a la misa de domingo comenzó a ser inversamente proporcional al incremento de devotos que se congregaban en el establecimiento de Indalecio Crianza.

Aquella situación de todo anómala y que conllevaba el riesgo de apostasía colectiva, llevó a D. Benigno a tomar la decisión de echar a patadas de su iglesia al niño Eustaquio como mejor medio para justificar el anatema, pese a las peticiones de clemencia de su madre. Fue tal disgustó que provocó en Doña Esperanza que tuvo que guardar cama durante tres largas semanas por consejo de D. Cojoncio. Sin embargo, y para su sorpresa, el pequeño Eustaquio no acusó la humillación del despido del templo y se desenvolvió a la perfección en este otro templo pagano que era la ferretería familiar. De hecho, y pese a haber transcurrido solo unos días desde su aterrizaje en el nuevo escenario laboral, tenía ya bajo su dominio las existencias en el almacén, las entradas y salidas de mercancías, las altas y bajas de productos, mientras que el libro de contabilidad reflejaba con suma claridad las cuentas de haberes y debes.

En un primer momento, Doña Esperanza había temido que la presencia de su hijo en el negocio espantara a los clientes o produjera algún nuevo episodio paranormal como el anterior sucedido, pero el hecho de ser el único establecimiento de estas características en un radio de 50 kilómetros a la redonda, les había obligado a seguir acudiendo al mismo pese que eran despachados por la personificación de la tristeza. A ello se unía el hecho de que el coche de línea no pasaba más que los lunes por la localidad y la paramera castellana era dura de patear, ya fuera invierno o verano.

La mayoría de los clientes acudía a la ferretería de Herederos de Afligido, que era el nombre del establecimiento, temerosos de caer en una nueva depresión cuya cepa principal asociaban a Eustaquio, o bien de quedar de por vida en estado catatónico por lo que no dudaban en formular su petición de espaldas al niño, cuya cabeza a duras penas sobresalía por encima del mostrador. La fidelidad de los clientes a la hora de seguir adquiriendo cinceles, brocas, papel de lija o moscas para la pesca a cola de rata permitió a la viuda no oficial de D. Inmaculado Afligido retomar sus tareas de plañidera a lo largo y ancho de la provincia, pues era de todos conocidos su buen hacer en labor tan fingida como entregada. No es de extrañar que su clientela fuese amplia y de pudientes.

La positiva labor de "Taquín" que era como Doña Esperanza llamaba a su hijo, fue el detonante de una decisión que se debería haber tomado pasados vario años. De modo que no lo dudó y se fue a ver a D. Alberto Carpetas, director, maestro único y bedel a partes iguales de la escuela local para trasladarle que su pequeño Eustaquio dejaría de asistir a la misma. Para su sorpresa no hubo reacción en contra del magister, pues se mostró encantado de perder de vista para siempre a aquel alumno que a sus ojos parecía salido de uno de los personajes que el Greco había dibujado en el lienzo que tituló El entierro del Conde Orgaz y cuyos rostros en poco o nada diferían en color al del difunto.

Y es que la cara del niño era refractaria incluso al sol pues su color de piel no era el propio del paisanaje, cetrino y curtido rostro que imperaba tanto en adultos como en niños, bien por efectos de la canícula de agosto, bien por los rigores del invierno en Tierra de Campos. De nada le valió a Doña Esperanza salir al rastrojal llevando de la mano al niño para que los aires castellanos aliviasen tan triste tez. Con la disculpa de levantar unas codornices tras la cosecha y oír el silbido de sus alas, avistar un bando de perdices en noviembre, planeando ladera abajo, o a las huidizas avutardas en enero, madre e hijo recorrían fincas, regatos, morros y cerros con el único propósito de que algo de vitamina D proporcionada por el astro sol se reflejara en pómulos nariz o frente de Tarquín. Pero ni por esas.

El correr del tiempo, sin embargo, rebajó en algo la imagen de Eustaquio entre la vecinanza. Aunque de pocas palabras se convirtió en un adolescente respetado, tanto por su manera de llevar la ferretería, pues no dudaba de fiar si fuera necesario la venta de productos hasta el final de la siega, como por sus modales, aunque un tanto adusto se veía que el mozo era de buenos sentimientos y mejor sangre.

Además del trabajo en el negocio familiar, tenía buena mano para los animales, tanto es así que los vecinos que criaban vacas comenzaron a prescindir de los servicios del veterinario de la capital y dejar la suerte del parto en manos de Eustaquio. Lo mismo hacía el pastor cuando una de sus ovejas renqueaba de una pata porque bien se le había clavado un espino, bien un callo impedía su normal caminar. El joven Eustaquio procedía de un modo poco convencional que dejaba boquiabierto a pastor y perro por igual, tanto es así que alguno aseguró que había visto la cara del pastor en la del can y viceversa.

Antes de efectuar la pertinente operación de alivio, Taquín sostenía la cabeza de la oveja entre sus manos, la miraba fijamente a los ojos durante varios minutos y la merina quedaba sumisa en una suerte de trance ovejil que facilitaba la operación de extracción del espino o de colocación del emplasto de hierbas al callo y el posterior vendaje sin que el representante ovino diese señales de rechazo. Podía decirse que Eustaquio era, a su manera, la versión rustica de Orfeo, aunque sin el recurso de la música. Solo le restaba encontrar a su Eurídice particular.

Cuando el colmenero no podía recoger la miel encargaba a Eustaquio que se ocupara de la recolecta, y aunque le dejaba el traje protector y el ahumador, el muchacho ni se lo puso ni lo utilizó jamás. Le bastaba con buscar a la abeja reina, la cual, solicita, se acercaba a él como si le conociese; a continuación, y una vez presentados sus respetos, la depositaba sobre su hombro con la delicadeza que su gracia merecía. Desde tan magnifico lugar Su Majestad observaba sin perder detalle el modo de proceder du su particular caballero a la hora de retirar el preciado néctar. Una vez finalizada la tarea, y tras dar el visto bueno a la operación, la reina era devuelta con gran solemnidad a su reino por la mano siempre firme y segura de Eustaquio.

Matías, al que apodaban el aceituno por ser poseedor de 30 hectáreas de olivos, siempre recurría a los conocimientos del rapaz para determinar la mejor época para recolectar la aceituna. Un año, allá todavía por octubre, profetizó que la suya sería la mejor oliva de la zona, "por calidad y por cantidad", aventuró, "pero varea antes de San Blas; luego habrá mosca" sentenció. Matías hizo lo que Eustaquio le había dicho y antes de que el santoral llegara a 31 de enero no quedaba una sola aceituna en sus árboles. Una semana después la mosca irrumpió en la zona. Devoró los olivos de las áreas limítrofes y se perdió la cosecha. Menos la de Matías.

Cuando los clientes escaseaban en la ferretería, el muchacho se pasaba las horas muertas mirando al cielo, lo que le permitió convertirse también en meteorólogo. El conocimiento adquirido por el recorrido de las nubes, la intensidad mayor o menos de vientos varios, la exactitud temporal de la caída de las hojas, las primeras nieves o la nueva floración permitían a Eustaquio aconsejar a los agricultores respecto a cuándo serían los días aptos para cosechar el trigo o proceder a vendimiar, "pues se avecina piedra" o "con la primera cubrición de julio", pronosticaba. Y, además, siempre acertaba. No era de extrañar que aquellos hombres confiaran más en el joven Eustaquio que en Ceres, diosa romana de la agricultura.

Sin pretenderlo, Eustaquio se había convertido en el primer defensor oficial de los derechos de la naturaleza, aunque con escaso reconocimiento, salvo a nivel local. Años después, su labor la continuaría el naturalista de Poza de la Sal. A diferencia del anterior, éste si gozó de éxito y fama nacional, que se perpetuó, incluso, en el nuevo siglo.

Era también tiempo de mocear, pero daba la impresión de que Taquín no tuviera intención de arrimarse a alguna de las adolescentes que había en el pueblo, y tampoco a la de las localidades vecinas, pese a que acudía a las verbenas que se celebraban con motivo de las diferentes fiestas patronales. Las más de las veces, todo hay que decirlo, era para cargar con el santo de turno en procesión.

-¿Y, tu cómo te la jaripeas, moñigón?, -le inquiría Cándido Lechón, propietario de la única granja de cerdos que había en el pueblo, a lo que Eustaquio respondía con un encogimiento de hombros que dejaba bien a las claras cuál era su proceder.

II

D. Sinforoso Consistorio era el hombre más rico del pueblo, y fruto de semejante condición fue nombrado, que no elegido, alcalde por el mismísimo Generalísimo. Su fortuna, sin embargo, no se había fraguado en tierras castellanas, sino en Colombia, por lo que D. Sinforoso vivía de rentas. Había emigrado al país sudamericano cuando apenas contaba 18 años y en el permaneció durante casi cuatro décadas hasta su regreso a España.

Atrás había dejado un próspero negocio de ganado al que había llegado por pura casualidad, pues tiempo atrás había dejado boquiabiertos a sus nuevos paisanos lanzándose al ruedo de una corrida de toros local y arrancase por chicuelinas ante el morlaco. La puerta gayola que le abrió el mundo taurino le permitió decir adiós para siempre al trabajo de recolector de café que había desempeñado desde que se viera obligado a hacer las Américas tarea dura y mal pagada.

La casualidad quiso que en aquel coso estuviera sentado en la barrera uno de los promotores de este tipo de eventos y apoderado de maestros varios que, inmediatamente, se le acercó y le ofreció un contrato para debutar en una corrida con picadores, nada más y nada menos que en Barranquilla. A partir de aquel mismo día en que el futuro alcalde empezó a ser conocido como el Niño del Burladero, por tamaño brinco dado y que le permitió eludir la presencia de dos miembros de la guardia nacional colombiana, la vida de D. Sinforoso cambió de manera radical.

Las galas se sucedieron a lo largo y ancho del país y así continuó casi diez años en los que con el dinero logrado acabó comprando una pequeña ganadería que, con el tiempo, se convertiría en despensa cárnica de Colombia. Pese a su retirada temprana de los ruedos su fama perpetuó pues hasta llegado el momento en que decidió cortarse la coleta amputaba orejas y rabos a partes iguales, sus hazañas ante los astados se narraban en titulares a cinco columnas y en grandes caracteres tipográficos que eclipsaban cualquier otra noticia. "Gran faena del Niño del Burladero". "Aun corneado corta seis orejas y dos rabos". "El Niño del Burladero torea, pone banderillas y hace de picador en Calí". Y así sucesivamente.

No es de extrañar que aquella sobredosis de fama le abriera también otras puertas, y no precisamente, la de los chiqueros. D. Sinforoso joven bien parecido, comenzó a ser un asiduo de los dormitorios de no pocas jóvenes de la clase alta del país, pues era conocido que en España los matadores de toros tenían por costumbre arrimarse más a las venezolanas y a colombianas que a un Miura. Y aunque nunca se casó el número de hijos que se le atribuyeron al torero sumaban más cantidad que orejas y rabos juntos. Aquellas otras puertas, más grandes que las de la Monumental de Calí y en las que no aguardaban los capitalistas para sacarlo a hombros, le otorgaron fama nacional de gavilán pollero, término que años después utilizaría el escritor más grande que diera ese país para referirse a uno de los personajes literarios más conocidos.

El transcurrir de los años y su vida holgada no le hizo olvidar el pueblo en el que había nacido y sus primeras décadas de vida en España. El negocio ganadero marchaba más que bien. Abastecía a las principales ciudades del país y exportaba excedentes a los países vecinos. Su fortuna había triplicado a la lograda como matador de toros, pero en su mente no amainaba el conflicto interior entre morir en su tierra de adopción o regresar a la que le vio nacer.

De modo que un buen día sintió el mismo impulso que cuarenta años atrás le había llevado hasta Vigo donde embarcó en un paquebote que, después de veinte días de navegación, lo depositó en el Caribe; si bien es cierto que en esta ocasión tuvo mucho que ver en su decisión la botella de cazalla que D. Sinforoso le había ventilado. Pero más allá de la pea, había algo más profundo que tiraba de él. Antes de morir tenía que conocer a alguien.

III

Su fama le precedía y aunque no quiso torear nunca en España (las habladurías lo achacaban a que los toros en Colombia pesaban ciento cincuenta kilos menos que uno de Jandilla) su regreso fue tan triunfal como el del Real Madrid tras imponerse en Bruselas por tres goles a dos al A.C. Milán en la Copa de Europa con Di Estefano al frente del equipo, bien secundado por Puskas, Gento y Miguel Muñoz entre otros.

Nada más conocerse la noticia que D. Sinforoso había regresado, el Gobernador Civil envió un propio para hacerle saber que deseaba mantener un encuentro con tan ilustre compatriota llegado allende los mares. La cita tuvo lugar en Valladolid y en la misma el político le hizo saber que su Excelencia, buen conocedor y amante del mundo taurino, había pensado en él como alcalde de su localidad natal, dado que su antecesor había fallecido durante una reciente montería en la que el infortunado, aunque agazapado, recibió el tiro de un cartucho de postas en lugar del guarro que era su destinatario natural.

Semejante honor no podía ser rechazado, si bien todo apuntaba a que era más el temor a una reacción iracunda del caudillo, pese a su aflautado timbre de su voz, en caso de negativa, que al debate sobre el asfaltado de la carretera en un pleno municipal. Era del todo el país conocido cómo se las gastaba el Generalísimo, bien cuando alguien osaba a decir que no, bien cuando quería hacer cambios en la organización política. En menos de 24 horas el motorista de turno se plantaba en el domicilio del destinatario con la decisión de su Excelencia, y o bien regresaba a sus antiguos quehaceres, o bien cartera en mano daba cuenta de su nuevo y flamante despacho en algún ministerio, previo juramento de fidelidad a los principios del Movimiento. Porque Franco podía ser más austero que un cátaro, pese a que su perímetro contradijera el mantra popular, pero si tenía que actuar como el más inmisericorde cómitre, no lo dudaba.

De modo que después de dos horas de reunión en la que la conversación giró más sobre las gracias y atributos de las jóvenes colombianas que sobre lo que serían sus nuevas responsabilidades al frente del ayuntamiento, D. Sinforoso salió por la puerta del Gobierno Civil de Valladolid con el bastón de mando bajo el sobaco. Por delante le aguardaba una década de dedicación exclusiva a la política local y tiempo suficiente para encontrar a la persona que había propiciado su regreso a España.

IV

Arcadio Estampas era el cartero municipal, si bien su quehacer se extendía también a localidades limítrofes. Con su bicicleta Orbea, modelo Sollube, de cinco marchas y tres catalinas recorría a golpe de pedal cantidades respetables de terreno, por lo que desde muy joven se le conoció con el sobrenombre de pedales aunque a él le gustaba más que le compararan con el "el Águila de Toledo". El problema es que el asfaltado patrio era en aquellos años lo más parecido a un camino de cabras, por lo que los pinchazos en los tubulares se contaban por docenas. No era de extrañar que Arcadio Estampas repartiera a partes iguales cartas y paquetes entre sus vecinos como parches en las ruedas de su bicicleta. Fue tanta la habilidad lograda que a su casa acudían para realizar reparaciones de neumáticos desde Fermín Arados, propietario del único tractor existente en la localidad, como Gumersindo Barreiros, conductor del autobús de línea, al que le gustaba jactarse que era pariente del aquel gallego de Ourense que inundó el país con autobuses, tractores y camiones y que también diseñó el vehículo Dogde Dart 3700, utilizado solo por ministros, embajadores y pudientes. A él recurrían igualmente aquellos de cuyas mangueras salía más agua a mitad de la misma que por la boquilla de riego.

La labor de Arcadio no se supeditaba únicamente al reparto del correo, sino que era el vivo exponente de la tradición oral aún vigente en pleno siglo veinte, pues lo mismo que entregaba una carta y contaba la desgracia última sufrida por Doña Achaques Escayola, de naturaleza frágil aun cuando ya era nonagenaria, que en la taberna, tras un alto en el camino y acompañado de un "manchado", ejercía como alguacil y a viva voz daba cuenta del contenido del último bando municipal.

Aquella calurosa mañana del estío castellano, "pedales" tuvo que hacer un alto en la ferretería de Herederos de Afligido para entregar a Taquín una carta. El hijo de Doña Esperanza era ya mozo, y como tal aquella notificación, la primera vez que se recibía algo de Correos, le hacía saber su nueva condición de mozo de remplazo o quinto que era como en la época se denominaba a los llamados a filas, y que propiciaba que alguien escribiera en toda cuanta pared de cementerio había en el país, y como si de una forma de primitivo grafiti se tratara, aquello de ¡Vivan los Quintos del 48! pues de hombría era haber sido parte del Ejército español.

En la misiva se le hacía saber que debía presentarse en el gobierno militar de la ciudad del Pisuerga el día 15 de octubre del año en curso para, entre otras cosas, tallarse, comprobar el estado de su vista y en algunos casos, hasta desinfectar. Como tantos otros jóvenes del pueblo, Taquín nunca había salido del suyo, excepto para mocear en las verbenas locales, por lo que aquello de tener que desplazarse hasta Valladolid era algo como embarcarse en el Pony Express y aterrizar en Manhattan. Nada más conocerse la noticia, comenzaron recomendaciones y chascarrillos a partes iguales.

"Por fin te vas hacer un hombre", le espetaba Cándido Lechón o "Ya verás, ya, vas a ir más tieso que una vela" recordaba con nostalgia Indalecio Crianza tras su paso por el Cuerpo de Regulares. "La mili viene bien a todos los hombre", exaltaba Fermín Arados en su égida del Ejército. Únicamente el que fuera su antiguo profesor en la escuela, D. Alberto Carpetas, se atrevió a dudar levemente de los beneficios que acarreaba pasarse tres años fuera de casa cuando en el campo hacía falta la mano de obra que se desviaba hacia los cuarteles repartidos por toda la geografía nacional y tan numerosas como seminarios de novicios existían dispuestos a servir a la moderna cruzada, bien como educadores, bien para continuar con la labor de evangelización.

Pese a escuchar hazañas varias narradas durante aquel día y los siguientes por los congregados en Las tres Uvas, la conclusión a la que llegó Eustaquio era que a él aquello de hacer la mili le interesaba tanto como el teorema de Pitágoras que en tantas ocasiones le había explicado D. Alberto sin éxito alguno. Era lo que tenía aquella taberna, mitad parlamento, mitad casino, donde una vez dicho cuanto se tenía que decir la rutina retornaba y cada uno recuperaba el puesto anterior a las soflamas. Desde Pepón, el camarero, pasando por los jugadores de tute o mus hasta los espectadores de tamañas timbas, verdaderas estatuas vivientes de las que nunca se sabía si su presencia era por interés en el juego o por ahorrarse la consumición. En cualquier caso, la noticia de su incorporación a filas acabó por colarse también en el despacho de la Alcaldía.

V

La toma de posesión como nuevo regidor local de D. Sinforoso tuvo dos partes. Una, solemne, en el salón de plenos y la otra, lúdica, en la plaza del pueblo. Durante su discurso el flamante alcalde hizo saber a sus convecinos alguno de los retos que se había marcado y cómo el espíritu nacional había calado en el pese a décadas de ausencia de suelo patrio. Entre las medidas que ejecutaría en el futuro figuraban, entre otras, una adecuada y más equitativa concentración parcelaria, la creación de un dispensario y el incremento de horarios en el coche de línea. Aunque algo atípico, pues no era costumbre en este tipo de actos, D. Sinforoso tuvo a bien ofrecer a la concurrencia un turno de preguntas, fruto de la inexistencia de oposición municipal, aunque la mayoría de las cuestiones planteadas, más bien pocas tal y como reflejó el acta del día, tuvieron más que ver con su vida anterior como matador de toros.

Una vez concluido el acto oficial de los congregados se apresuraron para llegar hasta el ágora del pueblo donde D. Sinforoso invitó a todos los vecinos a una mariscada castellana donde no faltaron los chorizos, jamones, morcilla de Burgos, rabo de toro, torreznos, pan blanco y vino a inflar como principales viandas.

En esta bacanal gastronómica se exaltación de la grasa D. Sinforoso saludó uno por uno a todos sus paisanos, interesándose por sus tareas y quehaceres, así como por sus orígenes y árboles genealógicos y fue en ese encuentro cuando la máxima autoridad local conoció a Eustaquio y a su madre.

Los informes recibidos y alguna que otra visita a la ferretería bajo cualquier pretexto le permitió intimar con la familia Afligido, ya que había algo en ellos que le devolvió a tiempos pretéritos antes de embarcarse hacia las Américas.

Durante su mocedad, D. Sinforoso había estado en relaciones con una joven de la localidad, si bien las mismas no prosperaron. En aquel entonces las familias de ambos eran de clases sociales antagónicas. Mientras que la de Sinforoso pasaba penalidades y su origen era tan incierto como el de los filisteos, la de Inmaculada que así se llamaba la joven a la que el futuro matador de toros cortejaba, gozaba de una prosapia que era la envidia de la provincia.

Aunque la moza no hacía precisamente ascos a los tientos del ahora alcalde, especialmente durante los baños en la poza del río y pese a estar vigilados por D. Benigno que enseguida llamaba la atención cuando veía sumergirse los brazos de los mozos, todo apuntaba a que la familia de la niña no consentiría que el noviazgo fraguase. De modo que no tuvo que transcurrir mucho tiempo para poner fin al romance enviando a la joven Inmaculada interna a un colegio de Madrid con la esperanza puesta en que durante las salidas vespertinas de los jueves por el Paseo de Recoletos conociese a un joven que preparara oposiciones a Notaría.

Así entre visita y visita a la ferretería, la observancia del buen hacer de Taquín entre pastos y animales, amén de predicciones meteorológicas siempre acertadas que aseguraban las rentas durante el invierno, el flamante alcalde hizo una oferta a Eustaquio para que ejerciese de amanuense en los plenos municipales. Seguro de que la respuesta sería afirmativa, D. Sinforoso se quedó a cuadros cuando el joven ferretero la rechazó alegando que con el trabajo en la ferretería y atender las dudas que le planteaban los vecinos, bien en cuestiones de siega, bien porque tenía que hacer de mamporrero en la ganadería propiedad de Antonio Toro, tenía más que suficiente.

La negativa, lejos de levantar recelos hacia Eustaquio, provocó que D. Sinforoso mirase con algo de ternura a Taquín aunque en privado reconocía que su cara, triste como la de un camaleón, le provocó más de un mareo.

VI

Eustaquio entregó a su madre la carta en la que se notificaba su próxima incorporación a filas una vez superado el examen médico en el Gobierno Militar de Valladolid. Doña Esperanza, de que ni San Torpedo patrono del cuerpo de Marinería lograría que su hijo evitara pasarse los próximos tres años en un cuartel, vaya usted a saber en qué punto del país, le aconsejó que fuera a ver al alcalde, hombre muy bien relacionado y miembro de falange, ya que sería el y no otro el que podría interceder a su favor. En realidad, el objetivo de Doña Esperanza era otro bien distinto, centrado en lograr que su hijo siguiera al frente de la ferretería y evitar de ese modo, el abandono una vez más, de sus labores como plañidera, ya que el negocio iba viento en popa, gracias, todo hay que decirlo, a una cepa de la gripe como no se recordaba desde hacía décadas.

A la mañana siguiente el futuro "pelón" mote con el que designaba a los reclutas novatos a su llegada al cuartel de turno, se presentó en el ayuntamiento dispuesto a convencer a D. Sinforoso de lo suyo no era la vida militar, sino despachar clavos y brocas y cuidar de los animales y que con los de cuatro patas le llegaba, si bien no las tenía todas consigo tras la reciente negativa a aceptar el cargo de escribano municipal que le había ofrecido en fechas aun cercanas aquel al que ahora reclamaba consejo y mediación.

D. Sinforoso tenía por costumbre recibir a los vecinos en el despacho que tenía en el piso superior del ayuntamiento y ya fuera por la mañana o por la tarde obsequiaba al visitante con una copita de ron que se hacía traer directamente de su antigua patria. Hay que decir que, pese a la calidad del licor caribeño y los deseos del alcalde porque sus paisanos estrecharan lazos con el continente americano, el gusto patrio seguía siendo fiel al Soberano por lo que no eran pocos, por no decir la mayoría, los que aceptaban con escepticismo la oferta antillana.

Tras ventilarse un par de copitas de ron, D. Sinforoso leyó la carta que previamente le había entregado Eustaquio y en la que se anunciaba que su vida castrense tendría lugar a primeros de enero del próximo año como mozo de reemplazo, concretamente el 12 de enero de 1951.

-¿Y tú qué quieres? -le espetó el alcalde.

-Seguir en el pueblo y ayudar a mi madre y a los vecinos -contestó quedamente, pero con sinceridad Taquín.

La franqueza de su respuesta conmovió a D. Sinforoso. Le aseguró que todo en esta vida tenía solución menos la muerte y que haría las gestiones oportunas para alejarlo de la soldadesca. Zanjado el asunto la conversación entre ambos siguió por derroteros varios que abarcaron desde cuestiones asnales hasta si para el próximo año sería más adecuado dejar en barbecho algunas tierras. Finalizado el intercambio de informaciones y cuando el militroncho se disponía a despedirse y a agradecer la mediación del alcalde, éste tuvo bien plantearle una cuestión que le venía preocupando desde tiempo atrás. Le hizo saber que durante los últimos meses las noticias que le llegaban de su ganadería en Colombia venían precedidas de un comportamiento cuanto menos extraño entre las vacas, todas ellas pertenecientes a la raza autóctona Blanco Orejinegro, cuyo origen se remontaba a los bovinos que siglos atrás llevaron al Nuevo Mundo los colonizadores españoles.

-El capataz me dice que no dan leche, que montan a los toros y también a otras vacas -explicó con preocupación el alcalde al joven al que vio como la mismísima reencarnación de Teseo, dispuesto a matar a minotauro fantasma que rondaba s sus vacas allá en el departamento de Antioquia y que había convertido a su ganadería en una suerte de burdel bovino.

-Tengo entendido que tienes un don especial con los animales, por lo que si decidieses ir a Colombia y ver qué mal afecta a mi ganado no so conseguiría una prórroga de tu incorporación a filas, sino que a tu regreso hablaría personalmente con el Gobernador Militar para conseguir tu excedencia definitiva del Ejército, argumentando labores trascendentales para la Patria allende los mares. Además, te asignaría un sueldo durante el tiempo que durase tu estancia que incluiría alojamiento y manutención. El puterío correría por tu cuenta -concluyó.

Aquella oferta laboral dejó a Eustaquio sumido en un mar de dudas infinitamente más grande que el asunto que le había llevado hasta el despacho de la Alcaldía. Si su recelo a la hora de ir a Valladolid para pasar un simple examen médico era notable, viajar a Colombia se presentó como un reto tan grande como el tiempo atrás le planteó Cándido Lechón.

VII

La joven Inmaculada preparó la maleta hecha un mar de lágrimas. Sólo una semana antes de la partida sus padres le comunicaron la noticia de que en siete días ingresaría como interna en el Colegio de la Madres Ursulinas en Madrid, argumentando que era aquel el centro más reputado de la capital y el que se formaría como una verdadera señorita.

-Debes entender -le explicó su madre- que en Madrid, además, tendrás que encontrar un marido pues estás en años de merecer, y el colegio está ubicado en lo mejor de la ciudad, por lo que no te será difícil lograr que un pollo se fije en ti, ya que eres joven, agraciada y buena cristiana.

Su padre, mientras tanto, guardaba silencio, pero en su interior se producía un gran alivio alejando a su hija del vástago de los Consistorio, a quien le precedía cierta fama de que lo suyo era más la berrea que la siega.

Durante esa interminable semana, D. Crescencio, padre de la infortunada, hizo todo lo posible para que su hija no se encontrara en ningún momento con el joven Sinforoso. La llevó a despedirse de cuanto familiar hubiera en el pueblo y alrededores. Un día entero lo pasaron en Valladolid comprando desde material escolar hasta el uniforme que llevaría en el internado, y por si no fuera suficiente le enseñó sus dominios como latifundista en tierras castellanas, aunque sin objeto alguno.

Sin embargo, los intentos de aislamiento del verraco no fueron completos, de modo que la estrecha vigilancia que D. Crescencio había planteado sobre su hija sufrió una grieta por la que la joven escapó. Guiada por las estrellas llegó hasta los brazos de su amado, el mismo que hacía palpitar su pecho. Inmaculada contó al joven Sinforoso el futuro que habían diseñado sus padres para ella y como el mismo supondría una separación que duraría, cuando menos, tres años.

Aquella pareja de enamorados vio truncados su planes de por vida, pues ambos se amaban con pasión. Ante la llegada de una despedida que les conduciría de por vida por mundos sumamente distantes, permitieron que aquel amor irracional que sentían el uno por el otro se tornase en frenesí al que no dudaron en entregarse hasta el alba, y que, entre otras cosas, provocó que el gallo adelantara su despertar natural un par de hora y con él el de prácticamente todo el pueblo, extrañado de que en pleno agosto el amanece se tornase noche y que una luna de oro siguiera iluminando los campos. Lo que nadie pudo imaginar es que aquella misma luna se había convertido en la centinela y protectora de los dos jóvenes, y aunque algo colorada se tornó, devolvió al gallo a un sueño profundo que extendió al conjunto de los vecinos del pueblo.

Esa misma mañana dos partidas tuvieron lugar en la pequeña localidad; de un lado, la de Sinforoso, roto de dolor, hacia el nuevo mundo, y, de otro, la de Inmaculada y sus padres camino de la capital, aunque no fueron los tres únicos pasajeros del "haiga" que conducía D. Crescencio.

VIII

De regreso a casa, Taquín tenía ya prácticamente tornada la decisión, la misma que años atrás había llevado a su futuro jefe a cruzar el Atlántico e iniciar una nueva vida. El problema surgía sobre qué sería de su madre y de Herederos de Afligido. Eustaquio narró a Doña Esperanza la conversación mantenida con el alcalde, lo que provocó u n síncope en la receptora de la misma de tal calibre que hubo que llamar a D. Cojoncio para que devolviera a la vida a aquella actriz de provincias.

Su regreso del más allá fue tarea fácil para el galeno, pues estaba más que acostumbrado a las representacione3s que aquella discípula aventajada de María Guerrero ofrecía periódicamente. Bastó, como ya ocurriera en otras ocasiones, con destapar la botella de Marie Brizard que había en el aparador del salón y dejar que la sincopada señora esnifase el anisado licor, si bien la completa recuperación no se conseguía hasta que un par de copitas del mismo entraban directamente en la boca, bajaban hasta su pecho y retornaban con igual rapidez en forma de efluvio hacia el rostro, tornándolo de un color que convertía sus mofletes en dos melocotones.

Una vez practicada tan arriesgada, pero efectiva prueba de saber médico, D. Cojoncio recogió sus bártulos y se despidió de aquella mártir moderna, sabedor que no tardaría en dejarse caer en breve por la vivienda de la viuda en vida de Inmaculada Afligido, pues cualquier percance, sucedido o disgusto, por nimio que fuese, requeriría nuevamente su presencia en los dominios de Herederos de Afligido.

-Gracias por todo, doctor -dijo la madre de Taquín, pues tenía en D. Cojoncio una confianza cuasi mesiánica y con el que, según algunas fuentes, había estado en relaciones antes de su matrimonio con Inmaculado Afligido. Y también tras el mismo.

Cuando las pulsiones volvieron a su estado normal, madre e hijo retomaron la conversación apenas iniciada antes del colapso.

-Pero cómo te vas a ir, hijo mío, si aquí tienes cuanto necesitas, y vete a saber qué te podría ocurrir; piensa que en esos países hay todo tipo de animales y enfermedades -profetizó, como si Colombia fuese una especie de zoológico en cuarentena-. Además, con lo bien que se está aquí. No hay mayor seguridad que la que nos brinda el Generalísimo.

A estas y otras seguridades patrias se estuvo refiriendo entre suspiro y suspiro durante todo el día sin que Eustaquio abriese la boca. Una vez terminada la perorata, y tras escuchar el largo listado de infortunios que le aguardarían, Taquín anunció que en quince días un buque salía desde Vigo rumbo al país caribeño y que estaba dispuesto a embarcarse. Lo de la partida fue el señuelo que D. Sinforoso había dejado caer al finalizar su encuentro con el joven con el propósito de que la trucha arcoíris que tenía sentada frente a él mordiese el anzuelo. ¡Y vaya que si picó! El salmónido encarnado en el joven Eustaquio no le hizo ascos a la cucharilla dorada con pintas verdes que le había lanzado el alcalde con un fino e invisible sedal, de modo que, una vez prendida en la parte más activa del cerebro, no le fue difícil recoger hilo y acercar la presa hasta la orilla donde le aguardaba el redeño. Lo único que restaba era sacar el billete y la chequera con el anticipo del primer sueldo del nuevo aventurero. Dos mil pesetas.

Durante las dos semanas siguientes la imaginación de Eustaquio se puso a volar tan alto como los buitres que anidaban en el cerro del elefante, llamado así por el capricho que le dios Eolo se tomó durante siglos para moldear una roca que tenía idéntica forma que la cabeza de un paquidermo. Era tanta la emoción y el desconcierto ante la inminente marcha que la labor de Taquín al frente de la ferretería se convirtió en un ir y venir de equívocos, lo mismo que en los consejos que daba a agricultores y ganaderos por igual.

Y es que la confusión cerebral era grande. La velocidad neuronal sólo provocaba un choque continuado entre esas mismas neuronas, por lo que si un cliente le pedía medio metro de papel de lija, Eustaquio le entregaba papel, pero marca El Elefante, que era la referencia en todo lo tocante a higiene anal. Si Doña Virtudes le solicitaba matarratas, Taquín ponía a su disposición un buen trozo del queso manchego con el que se había desayunado. El desconcierto en el ferretero era total y la sorpresa entre los clientes mayúscula, amén de aireada en la barra y mesas de Las tres uvas, pues las noticias corrían en el pueblo tan rápido como Paco Gento lo hacía por la banda del Bernabéu.

"¿Es cierto que se va a hacer las Américas?" preguntaban los parroquianos de la taberna. "Ese ya no vuelve", aventuraba uno, mientras que otro apostaba a que en ochenta días Eustaquio estaba de vuelta, como si del personaje de Julio Verne se tratara, aunque ni conocía al tal Verne ni al personaje central de una de sus más famosas novelas, aunque de nombre impronunciable y redicho un rato largo.

Y de esta forma, entre desatinos varios por parte de Eustaquio y conversaciones y nuevos retos regados con Soberano fueron pasando los días, hasta que finalmente Taquín miró desde la barandilla de estribor el ir y venir de carretas llenas de cajas de pescado en el puerto de El Berbés, allá en Vigo, a bordo del *Entelequia*, nombre con el que fue bautizado el barco que le llevaría al Nuevo Mundo. La historia se volvía a repetir.

IX

Lo primero que hizo Eustaquio una vez a bordo fue dirigirse al camarote que tenía asignado. Se trataba de una diminuta estancia con cuatro literas y un pequeño lavabo. Al poco aparecieron tres varones con el mismo susto en el rostro que el que tenía dibujado Taquín. Lo mismo que él ninguno había visto con anterioridad el mar, pues todo sellos eran de tierra adentro, algo bastante frecuente entre la emigración patria. Tras las oportunas presentaciones decidieron inspeccionar el buque, especialmente la zona del comedor, pues avanzaba la tarde y era hora ya de cenar.

En realidad, ninguno de los cuatro tuvo claro qué tipo del barco era aquel, es decir, no sabían si se encontraban en un buque de pasajeros o en uno mercante, que sería lo propio, aunque visto de un lado al tipo de gente que se había embarcado, y de otro, los contenedores que había en cubierta, se podía decir que era ambas cosas a la vez. "Es como Las tres uvas", pensó Taquín, "de un lado es bar, y de otro un compendio de labores varias que van desde salón de plenos en paralelo al oficial, escenario de notificaciones municipales, confesionario y consulta psicológica, pues no han sido pocos los males que en él han encontrado solución".

Habían dejado atrás ya las islas Cíes cuando la megafonía del barco anunció que se iba a proceder a servir la cena. Como no sabían muy bien adónde dirigirse, Eustaquio, que era el menos pazguato de los cuatro, preguntó a un tipo uniformado dónde estaba el comedor, a lo que el interfecto respondió de la siguiente manera:

"Los pasajeros de tercera categoría tienen el dinning-room en la segunda cubierta".

Como no entendió absolutamente nada de lo que aquel pollo le acababa de decir optó, acompañado de los otros tres lumbreras, por seguir a todo aquel vestido más o menos como ellos, es decir, chaqueta y pantalón de pana y, por supuesto, boina de negro paño bien calada. Una vez en el refectorio naval se acomodaron donde pudieron para dar cuenta de una humilde sopa y pescado con patatas. De postre, naranja. Junto a ellos encontraron a los que serían sus compañeros hasta el nuevo mundo, un variado repertorio que abarcaba desde un grupo de cómicos y vicetiples, contratados para una gira que, según ellos, les llevaría desde Bogotá hasta Buenos Aires, pasando por tres monjas de edad indefinible y dispuestas a llevar a cabo una segunda evangelización entre la población indígena, hasta llegar al grupo mayoritario, gentes venidas de todas partes del país que huían de la miseria a la búsqueda de El Dorado o el Vellocino de Oro.

Tras la cena los cuatro valientes se retiraron al camarote pensando que todo cuanto habían oído en alguna ocasión respecto a los mareaos en alta mar era pura patraña, pero al poco de echarse en las literas comenzó el desfile hacia el minúsculo lavabo que se prolongó hasta casi el alba. Con el rostro descompuesto se asearon para ir a desayunar, asegurando que lo acontecido sólo ocurría la primera noche, pero resultó que la peregrinación al vomitorio duró lo mismo que la travesía.

Aun así, la experiencia resultaría inolvidable para el joven Eustaquio, pues en su mundo, en el que las ensoñaciones no eran infrecuentes, llegó a verse unas veces como Noé salvando a la jungla del diluvio universal, otras emulando a Moisés mientras el Mar Rojo se abría a sus pies y otras como Jonás, aunque para su suerte no vio ballena alguna, y menos con hambre.

Después de casi veinte días de navegación el barco arribó al golfo de Uraba, la zona más austral del mar Caribe. La bofetada de calor que recibió en su rostro nada más desembarcar contribuyó a empeorar aún más su malestar, pues la temperatura superaba los 35 grados y la humedad ambiental rozaba el 98 por ciento. Sin embargo, no sería nada comparable al que experimentaría camino de la hacienda *Inmaculada* que D. Sinforoso poseía en el municipio de Sonsón, en el departamento de Antioquía, y que ocupaba una extensión como toda la provincia de Palencia.

Tras bajar la escalerilla del barco dio un traspiés que casi le envía a las aguas del puerto. Al final de la misma un hombrecillo de pequeña estatura y de tez color café tras su paso por el tostadero se le acercó para preguntarse si se trataba de Eustaquio Afligido, a lo que el nuevo conquistador respondió con un sí no muy convencido. Acababa de conocer, por orden de D. Sinforoso, a su guía y protector durante su estancia en Colombia, y en parte también al culpable de lo que sería una vida disoluta y de crápula en no pocas ocasiones.

Luis Alberto Cogollos Solabarría, también conocido como "El Vasco", pues se tiene constancia que desde el siglo XVII habían llegado a aquellas tierras gentes procedentes del territorio vascongado, había entrado a trabajar en la hacienda siendo aún un niño, pero al poco de unos años se convirtió en uno de los hombres de confianza de D. Sinforoso, el cual hacía la vista gorda a los cultivos de hoja de coca que el joven Luis Alberto cuidaba con esmero, pues si bien al principio aquella hierba tenía como único fin su masticación lo mismo que los gringos masticaban tabaco, unos años después su consumo conocería otros derroteros.

Cogollos Solabarría tomó la maleta de Eustaquio y ambos se dirigieron al vehículo que tenía estacionado fuera del recinto portuario. Camino de Medellín donde harían noche antes de tomar posesión como veterinario oficial de la ganadería, el asalariado cocalero le explicó todo lo relacionado con la hacienda, y muy especialmente el sucedido alrededor del ganado por el que las vacas de habían travestido en toros. No omitió detalle alguno sobre el repentino interés sexual de las vacas por otras de su mismo sexo, así como por los toros a los que también trataban de montar. Como el trayecto duró varias horas, Luis Alberto Cogollos Solabarría narró igualmente su vida y trabajo en la hacienda, así como las andanzas de D. Sinforoso, que, aunque retirado hace ya muchos años de los ruedos, seguía cortando orejas, rabos y todo cuanto fuera susceptible de amputar a cada fiesta a la que acudía en la que siempre había un tentadero.

Eustaquio por su parte, en la única ocasión en la que consiguió abrir el pico, le preguntó el porqué del nombre de *Inmaculada*, a lo que el Vasco respondió que era el nombre de una joven que, "según dicen, fue el verdadero amor del patrón, allá en la madre Patria", aclaró.

Al cabo de hora y media de trayecto, Eustaquio empezó a sentirse notablemente mareado, aunque no achacó las náuseas a la verborrea que producían las cuerdas vocales de su Cicerón particular, pues, aunque no conoció interrupción, su voz era suave y templada. Éste, percatado de que el recién llegado estaba más blanco que el mármol, extrajo de su bolsillo el remedio para el mal de altura que ya hacía acto de aparición en Eustaquio y que continuaría hasta su llegada al municipio de Sonsón, en la zona más oriental de Antioquía y lugar de destino final para ambos. Porque si bien la ciudad de Medellín ya se encontraba a una altitud respetable sobre el nivel del mar, rozaba los 1500 metros de altitud, el doble de la media de la meseta castellana, aún restaban mil metros más para que el cuerpo del joven comenzase a sentirse más como un cóndor que como un ser humano.

-Mastique, mastique, patrón -le dijo Cogollos Solabarría, al tiempo que le ofrecía más hojas de coca-. Le aliviará; aquí lo llevamos haciendo siglos.

Al principio Taquín no entendió por qué meterse aquellas hojitas en la boca que le recordaban en su forma y tamaño a la de las espinacas aliviarían su malestar, pero al poco tiempo entendió que no hay mejor muestra de empirismo que la sabiduría popular.

La mejora de la oxigenación de la sangre tras emular durante un buen rato a un rumiante, acompañada de una suerte de anestesia bucal, incluidos dientes, labios y lengua, proporcionó a Eustaquio un bienestar desconocido, y es que el futuro alcaloide tenía propiedades mágicas, unidas a otras que aún no había tenido la oportunidad de conocer, pero que le proporcionarían gran placer.

Una vez instalados en el hotel de Medellín decidieron dejar todo e ir a cenar, lo que le sirvió al enviado de D. Sinforoso para adentrarse en el conocimiento de la gastronomía local a base, entre otras cosas, de arepas de chócolo, de mole y de maíz pelao de las que dio buena cuenta entre trago y trago de ron, y que culminó con la cocada como postre, una especie de turrón compuesto principalmente de la médula del coco. Por ser ya noche, el Vasco decidió postergar para mejor ocasión la *bandeja paisa*, plato representativo por excelencia de la cocina antioqueña, compuesto por arroz, carne de res, chicharrones, hogao, huevo frito, frijoles y patacón.

Satisfecho el apetito y la sed, alentado casi con seguridad por el jugo de la hoja de coca, procedieron a retirarse a descansar, si bien Eustaquio estaba resuelto a conocer los secretos que ofrecía la noche en Medellín, pues se encontraba en un estado de optimismo y de excitación como nunca antes había conocido. Aquella fuerza interior obligó a su acompañante a arrastrarlo hasta el hotel y depositarlo en la cama sobre la que, sin embargo, acabó planeando como si de una perdiz roja se tratara.

X

A la mañana siguiente emprendieron rumbo hacia las posesiones de D. Sinforoso, situadas a poco más de 150 kilómetros de Medellín, en Sonsón, un lugar plagado de pequeños cursos de agua y hermosos ríos, como el Magdalena o el San Lorenzo, que habían contribuido a crear una zona rica, muy rica en pastos. La llegada del nuevo "Doctor" coincidió con la festividad de Nuestra Señora de Chichinquirá, a finales de septiembre, y con la celebración de diferentes festejos en honor de la santa. El problema fue que cuando el coche se detuvo a las puertas de la Casa Grande, que era como llamaban los lugareños a la que había sido residencia de D. Sinforoso durante décadas, el bueno de Eustaquio se encontraba en el mismo estado que la noche anterior, o incluso peor, pues había tenido que retomar el rumeo de hoja de coca para hacer frente a los 2475 metros de altitud en los que se hallaba.

Como era ya hora de comer, todos los empleados de la hacienda habían preparado una comilona en la que esta vez sí el plato estrella era la "bandeja paisa". La forma de engullir de Eustaquio llamó la atención de los allí reunidos, alrededor de medio centenar, hasta el punto que uno le espetó:

-Óigase, licenciado, reduzca que le va a dar un mal.

O:

-Lleve cuidado, parcero, que luego en el estómago se hace bola.

Pero una vez más, y en menos de 24 horas, Taquín le había cogido el gusto a eso de venirse arriba y no se contentó con comer y beber como un jabalí, sino que se arrancó a bailar con toda cuanta joven encontraba por el camino y a brincar como un conejo, actuación que provocó no pocas carcajadas y más de un codazo al grito de "igualito que el viejo", en clara referencia a D. Sinforoso cuando también era mozo. Y así siguió durante varias horas hasta que se hizo de noche y el cuerpo no aguantó más. Eustaquio, pese a su juventud, acabó cayendo desplomado cuan largo era. Entre varios le levantaron y, bajo las órdenes de Cogollos Solabarría, le condujeron a la habitación principal donde durmió por espacio de seis días consecutivos.

Cuando por fin despertó no tenía ni la menor idea de dónde se encontraba. Le dolía tanto la cabeza que pensó que había dormido boca abajo, como si fuera un murciélago. Poco a poco sus ojos se fueron acostumbrando a la luz y contemplaron un dormitorio tan grande como la casa del pueblo. Hacia el techo divisó el dosel de la cama, y cuando giró, no sin esfuerzo la cabeza hacia su izquierda, un gran ventanal de dos hojas y tres metros de alto se abría hacia una terraza, sustentada por seis inmensas columnas, desde la que se perdía la vista. A la derecha, otra puerta entreabierta permitía divisar un gran cuarto de baño de mármol con una bañera redonda y grifos dorados; y frente a la cama, y encima de la puerta de acceso al dormitorio, lo que más le sorprendió, un enorme cuadro en el que estaba representado un torero con un morlaco muerto a sus pies.

Pese al dolor de cabeza logró ponerse en pie y más mal que bien se acercó para contemplar con más detalle aquella figura que parecía sacada de una corrida goyesca. Si a su lado hubieran puesto una imagen de Joselito la fusión de ambas habría dado como resultado aquella otra imagen que una vez vio en el suplemento taurino del ABC en la que se veía al anterior junto a Juan Belmonte, apoyados ambos en el burladero de una plaza de toros.

No tardó mucho en reconocer a D. Sinforoso, aunque con cuarenta años menos y también con cuarenta kilos menos. No había duda de que el traje de luces le caía como un guante y que todas cuantas historias había oído del ya alcalde en su época de matador de toros eran tan ciertas como daba a entender aquel retrato.

En ese instante dos golpecitos en la puerta le hicieron girar la cabeza y ver como por un lateral de la misma asomaba una cabeza del tamaño de un guisante en la que reconoció la cara de Luis Alberto.

-¿Cómo se encuentra, licenciado? -le preguntó.

Eustaquio se ruborizó, pues de repente ser recordó brincando y bebiendo como un poseso.

-No se me avergüence, patrón; es normal la primera vez cuando uno no está acostumbrado al aguardiente y a masticar la coca -le dijo con intención tranquilizadora.

Tras Cogollos entró una muchacha portando un carro repleto de platos, así como frutas que jamás había visto y una jarra con zumo de papaya. Tras una ducha reconfortante y un opíparo desayuno, Eustaquio estaba presto a recorrer la hacienda y poner fin a la bacanal vacuna cual inquisidor animal.

XI

Estimada y amada Madre,

le escribo para darle cuenta de mis primeros dos meses en Madrid. Me he adaptado muy bien al colegio al que usted y padre decidieron enviarme. Además de geografía, historia, latín y literatura, he aprendido también a bordar. Asisto diariamente a una misa por la mañana y por la tarde rezamos el rosario con las hermanas Ursulinas. Todos los días pido a Dios por ustedes, para que les de salud. Trato de seguir el consejo que me dio antes de mi partida, y de ahí que los sábados por la tarde paseo junto con dos compañeras, muy buenas cristianas ambas, Recoletos arriba, Recoletos abajo, que también recorren varios jóvenes, todos ellos de muy buena distinción. Pero, además de narrarle mi día a día le escribo para transmitirle una honda preocupación, pues me veo obligada a decirle que desde hace dos meses tengo una falta. Debo confesarle, madre, con toda vergüenza que la noche anterior a nuestra partida camino de Madrid estuve con ese malandrín de Sinforoso, quien entre su lengua, tan cautivadora como venenosa, y sus arrumacos, me embaucó y acabé por entregarme a él. Soy consciente de que le acabo de trasladar la mayor de las deshonras, pero temo haber quedado encinta. Créame, Madre, que sólo quiero morirme, pero la criatura que muy posiblemente llevo en mis entrañas no es culpable del acto indigno que cometí.

Solicito, pues, su ayuda para, de un lado, ocultar mi pecado, y de otro, para sacar adelante a este ángel.

Suya siempre,

Inmaculada

Cuando Doña Romana acabó de leer aquella carta se desplomó sobre el suelo en un estilo libre que era común a todas las mujeres del pueblo de buena cuna. Escuchado en toda la casa el golpe fruto del estacazo hubo que llamar al joven médico que sólo unos meses antes había aterrizado en el pueblo, el cual venía precedido de una fama con la que ganaría muchos enteros como era la de devolver la vida a las traspuestas. Junto al cuerpo de la afectada, D. Cojoncio, un recién licenciado Doctor en Medicina, suministró el remedio al que siempre recurría para despertar a Doña Romana que era de desvanecimientos fáciles y frecuentes. De su maletín extrajo una morcilla de Burgos que paseó rápidamente por los orificios nasales hasta que el milagro se produjo.

-¿Dónde estoy? -dijo Doña Romana.

-En casa, mujer -le respondió el marido-, ¿dónde vas a estar? Pero, ¿qué te ha dado esta vez?

La mujer de D. Crescencio miró a su alrededor en busca del texto que le había hecho llegar el mismísimo Lucifer. Cuando dio con él lo puso en manos del marido, el cual tras su lectura empezó a acordarse del árbol genealógico de la familia de los Consistorio mientras iba en busca de la escopeta de caza y media docena de postas.

-Lo mato, lo mato ahora mismo, a él y a toda su familia -bramaba como un búfalo.

D. Cojoncio trató de interponerse en su camino y casi recibe el primer disparo. Por fortuna, entre el galeno, Doña Romana, que, aunque seguía tirada en el suelo logró asirse a los tobillos de su marido como una garrapata, y Longinos, el capataz de la finca que ante los gritos había acudido raudo, lograron reducir y sentar en un butacón al iracundo y ofendido padre.

Buen conocedor de la casa, el médico se apresuró a coger del mueble-bar una botella de cognac Magno y le dio una copa a D. Crescencio que despachó de un solo trago.

"¿Qué vamos a hacer? ¿Qué vamos a hacer?, ¡qué deshonra para la familia!", repetía la madre de Inmaculada, a quien el solo nombre de su hija le hacía arrepentirse de haberla bautizado en honor a la Virgen, pues de toda la vecindad era sabido que la susodicha era de devoción mariana.

Por fin, pasado un rato desde el conocimiento de la noticia y tras haberse ventilado entre todos la botella de Magno, Doña Romana incluida, y tal vez la que llevaba mayores dosis de alcohol en la sangre, acordaron que había que tomar una decisión urgente ante el temor de un escándalo tan sonado que se haría eco hasta en las páginas de "La Gaceta Castellana", periódico de tirada provincial, propiedad de Doña Ana R. Quintanilla, la alcahueta oficial de aquellas tierras, y en el que algún día soñaron con ver en sus páginas el enlace matrimonial de su hija con el primogénito de sus vecinos, joven de excelente posición, aunque un completo cretino, pues no valía para nada y no se le conocía virtud alguna, ni laboral y mucho menos intelectual, con la única excepción de ser un putero redomado.

Ese mismo día Doña Romana, D. Crescencio y D. Cojoncio idearon un plan para hacer regresar a Inmaculada de Madrid y hacerla pasar por la vicaría cogida del brazo del imbécil de Arturito, que era como se llamaba aquel inútil, antes de que la barriga de la joven abombase el traje de novia y se descubriera el pastel.

Todo pasaba por invitar a los padres de semejante mentecato a una opípara cena en la que desvelarían el contenido de una falsa carta en la que Inmaculada bebía los vientos por Arturito. Una semana más tarde, los padres del futuro novio se encontraban a la mesa en compañía de la anterior triada. Tras los protocolarios saludos, en forma de sonoras palmadas en las espaldas de los caballeros, besos mejilleros y un par de aguardientes para hacer boca, tomaron asiento en la mesa de roble sobre la que ya estaba depositada la sopa castellana y a la que siguió una perdiz por barba.

La conversación se centró inicialmente en la decisión que habían tomado a la hora de ingresar a Inmaculada en el prestigioso colegio de las Madres Ursulinas, así como en lo buen mozo que era el mastuerzo de Arturito, no sin antes que D. Cojoncio se atragantase con el Vega Sicilia que estaba degustando al escuchar tamaña majadería. A continuación, y entre cucharada y cucharada de sopa, muslo de perdiz y botella del apuntado caldo, la conversación fue derivando hacia lo mucho que la buena de Inmaculada echaba de menos el pueblo y, muy especialmente, a Arturito, tal y como se lo había reconocido recientemente a su madre en conferencia telefónica, solicitada por la mañana y concedido bien entrada la tarde, pues en aquellos años había que pedir a la operadora la conexión con horas de adelanto. Aún restaban algunas décadas para que la compañía nacional de telefonía conociera un desarrollo inimaginado a finales de siglo como consecuencia de una privatización que nadie nunca entendió, pero que llenó buenos bolsillos.

Con el propósito de apuntalar aquella cita, Doña Romana extrajo de la manga de su vestido, lugar común a toda mujer para guardar cuanto fuera necesario, una carta de Inmaculada en la que declaraba su amor por el hijo de los allí presentes.

Es cierto que cuando eran niños ambos jugaban juntos y se bañaban en compañía de otros niños del pueblo en el pozo de la Peña, lugar de recreo y esparcimiento en forma de primitiva playa fluvial, creado de forma cuasi mágica por la naturaleza para los más pequeños, sin saber que años más tarde serviría para aliviar sofocos entre el mocerío. Pero con el tiempo, Arturito ya daba muestras de que era un imbécil consumado, pues entre sus aficiones, más bien escasas, se encontraba la de capturar ranas, introducirles un petardo en el culo y hacerlas volar en mil pedazos, algo que, como es normal, repugnaba a sus compañeros de juego, especialmente a las niñas. De modo que, entre lanzamiento y lanzamiento, cual Sputnik, Arturito terminó por tener como únicas compañías a las ranas y cuanto bicho, fuera batracio o insecto, capturaba.

Pese a semejante realidad los padres del susodicho lo seguían imaginando en compañía de Inmaculada, aunque ya desde muy jóvenes entre ellos se había producido un divorcio de amistad. Tamaño contratiempo no evitó el anuncio oficial del noviazgo, así como fijar cuanto antes una fecha para la boda, pues eran conscientes de que las posibilidades de emancipación de su único hijo eran remotas.

A la mañana siguiente, Inmaculada se encontraba de regreso en el pueblo para enfrentarse a los preparativos de la boca, fruto de la apuntada nostalgia que la joven sentía por el lugar que la vio nacer y el amor sobrevenido hacia Arturito.

Ni que decir tiene que a la joven casarse con aquel adefesio de marido era lo que menos la seducía, pero tal y como estaban las cosas era la mejor salida para eludir el escándalo.

La velocidad a la que se habían desarrollado los acontecimientos no logró evitar cierto run-run entre los vecinos, pero ni las mentes más perversas lograron imaginar lo que se estaba cociendo en el útero de la desgraciada, pues afortunadamente era de naturaleza más que delgada y aún no había asomado a la vista lo que sí se conocería pasados siete meses.

Así que, finalmente, "La Gaceta Castellana" recogió en las páginas de la sección de Sociedad el enlace matrimonial entre ambos jóvenes. A la ceremonia acudió lo más granado de la sociedad y también de la curia castellana, además del Gobernador Militar, D. Alonso Torpedo, el Gobernador Civil, D. Armando Notificaciones, la omnipresente Doña Ana R. Quintanilla, amén de las máximas autoridades locales, entre ellas D. Cojoncio, también el farmacéutico local, D. Nicanor Remedios, el maestro, D. Anastasio Carpetas, al que luego sucedió su hijo, y el juez de paz, D. José Antonio V. Trolas, hombre de orondas formas y sobresaliente papada, mayúsculo diletante, arribista como pocos y de dudosa ética profesional, pues conocidas eran sus sentencias en las que una imaginación desbordante no dudaba en magnificar los hechos, como si de una novela de capa y espada se tratase, atribuyendo penas de cárcel desmedidas a infelices que acababan con sus huesos en la más lúgubre de las mazmorras. Una vez allí, y pese a ser legos en Derecho, no paraban de preguntarse si el robo de un par de gallinas era merecedor de ocho años de cárcel. Rápidamente, el auto judicial era notificado al periódico que dirigía Doña Ana R. Quintanilla para mayor gloria del anterior, aspirante eterno a órganos judiciales de mayor nivel o cualquier puesto vacante en la Administración central. Y es que D. José Antonio V. Trolas tenía los mismos principios morales que un pato, es decir, ninguno. Por supuesto, aquellos delirios judiciales tenían siempre idéntica representación: titulares a cinco columnas y gran despliegue tipográfico, pese a la nimiedad de los hechos. Era el pago por la exclusiva.

En cuanto al ágape, dejó bastante que desear, como era costumbre entre las gentes de buena condición. Pese a encontrarse en tierras de abundancia y excelentes materias primas, el banquete volvió a hacer honor a aquel viejo dicho castellano de mediados del XVI, "mucha alcurnia, mucho boato y poca comida en el plato".

Como manda la tradición, Inmaculada y Arturito fueron padres de una niña a la que llamaron Esperanza. Eso sí, pese a ser sietemesina, al nacer pesó nada más y nada menos que cuatro kilos y medio.

XII

La primera jornada de trabajo de Eustaquio se centró en tomar contacto con las tierras de D. Sinforoso, una extensión de terreno tan grande como nunca hubiera imaginado que pudiera pertenecer a un único dueño. En todo momento estuvo acompañado de Luis Alberto Cogollos Solabarría, quien le iba dando cuenta desde los nombres de cuanto trabajador se encontraba, como de las denominaciones dadas a todo accidente geográfico, desde cerros y arroyos hasta acantilados, y, por supuesto, el del ganado, pues también en Colombia cualquier cuadrúpedo tenía su correspondiente apelativo.

Por increíble que pudiera parecer, Cogollos Solabarría era un especialista en la materia, de modo que toda vaca y toro había sido bautizado por él, echando mano en ocasiones de alguna característica física del bovino y en otras, fruto de una creatividad jamás conocida anteriormente. El resultado eran nombres que iban desde Bizco a Bragado, pasando por Diputado, Campesino, Presidente, Albañil, Senador o Maestro, algo que interesó mucho a Eustaquio, que no era capaz de entender la habilidad de su acompañante para retener en la memoria tanto nombre, teniendo en cuenta que el número de reses se contaba por millares.

Aunque Taquín estaba acostumbrado a tratar con toda suerte de équidos, cuestión bien distinta era la de subir a la grupa y cabalgar desde la mañana hasta bien entrada la tarde. No menos cierto es que en algún momento se sintió como Zeus a lomos de Pegasus, pero cuando se apeó del jamelgo casi se cae nuevamente al suelo por encontrarse anestesiado de cintura para abajo. En esta ocasión la hoja de coca nada tuvo que ver.

Se había prometido cumplir con la tarea encomendada con el mayor rigor posible, por lo que desde ese primer día comenzó la redacción de un cuaderno de actas en el que iría anotando todo cuanto tuviera relación con el trabajo encomendado y el descubrimiento del anómalo comportamiento de las vacas. Sí obviaría lo ocurrido nada más llegar a tierras colombianas, así como otros sucedidos que se produjeron con posterioridad. De modo que tras una reconfortante ducha y degustar una magnífica cena, decidió encerrarse en el despacho que tiempo atrás usara también D. Sinforoso.

Ataviado con una elegante bata de seda, tejido del que desconocía su existencia, se instaló en la enorme silla de madera maciza, abrió el escritorio, desplegó la plancha que hacía las veces de mesa, cogió papel y bolígrafo y comenzó a escribir lo que con el tiempo acabaría siendo todo un tratado de anormal comportamiento animal. en las primeras líneas se detallaban reacciones nunca antes vistas en una vaca, como la de saltar cual gacela, juntando las cuatro patas en un punto central para acto seguido impulsarse hacia el cielo. También comprobó lo que D. Sinforoso le había adelantado, un arranque de sexualidad invertido, de modo que era la vaca la que montaba al toro y no al revés. Y no contentas con eso, también trataban de hacer lo propio con otras vacas, en una suerte de bisexualidad que recibió su reprimenda incluso desde algún púlpito cercano.

Prácticas sexuales distintas a las bendecidas por la Iglesia eran siempre objeto de severa amonestación, siendo indiferente que los practicantes de tamañas desviaciones tuvieran dos o cuatro patas. Semejante práctica fue observada en diferentes partes del vasto territorio, por lo que se descartó que fuera algo propio de un grupo. Las anotaciones incluían también la geografía de la zona, el verdor de los pastos, la abundancia de agua, la frecuencia de las precipitaciones, los vientos y cuantas cosas llamaran la atención del entregado Eustaquio.

Cuando creyó haber dado por zanjado su primer resumen observó que entre unos papeles sobresalía un sobre dirigido a D. Sinforoso. Debía llevar allí muchos años, pero el paso del tiempo no había logrado que desapareciera por completo el perfume que aún exhalaba. Pero en el preciso momento en que procedía a darle la vuelta para identificar el nombre de la supuesta admiradora, pues no existían dudas sobre la virilidad del alcalde, dos golpecitos en la puerta del dormitorio retrasaron la comprobación hasta pasadas varias semanas.

"Adelante", dijo Eustaquio. Fue en ese momento cuando hizo su entrada Rosalinda, una belleza mitad criolla mitad walkiria, de rubia melena que se desplegaba como la suavidad de la primavera sobre unos hombros color canela. Era hija de la negra Saturna, que años atrás había quedado prendada de un alemán de dudoso pasado que se había dejado caer por aquellas tierras, y que usó como trampolín para finalizar su periplo en Iquitos, donde fundó un lupanar al que llamó Adolf's. Desde allí aún resuenan algunos de los improperios que le lanzó la Saturna cuando el anterior desapareció para siempre, dejándole como único recuerdo el bebé que nacería unos meses después. "Pendejo, malparido, burro macho, gonorrea, caravulva...", y alguna que otra delicadeza más.

El caso es que la joven odalisca cumplió con el papel encomendado y despertó en el nuevo hacendado placeres desconocidos hasta entonces que en su mente se dibujaron como rayos azules fruto de una pasión inimaginable. Afortunadamente para él nunca supo que aquellos mismos espasmos habían sido los mismos que años atrás habían dejado a su padre, además de impedido, imbécil de por vida.

Aquel primer encuentro fue en realidad uno solo, pues hasta pasadas tres semanas el patrón no volvió a salir de la habitación ni dar señales de vida. Cuando por fin se decidió a abandonar la estancia, reconvertido en una suerte de Falstaff, en un perfecto perdulario, se encontraba en un estado tan lamentable que hubo que hacer llamar al médico local, que le recetó descanso inmediato. Las únicas galopadas permitidas serían a caballo y tras haber ganado, cuando menos, quince kilos, pues los niveles de astenia eran más que preocupantes. Sin embargo, la vida disoluta y de verdadero crápula que acababa de conocer y abrazar el bueno de Taquín, se prolongaría más allá de lo inimaginable.

XIII

D. Sinforoso había tomado por costumbre acudir prácticamente a diario por la ferretería Herederos de Afligido. Allí, junto con el café que le tenía siempre preparado Doña Esperanza, conversaba con ella durante horas, pues tras la marcha de Taquín se vio obligada a contratar a una empleada que atendiera el negocio familiar. Decidió, eso sí, darle un giro al mismo y colocó tras el mostrador a la joven Matilde, hija de una viuda de un pueblo próximo a la que conocía desde hacía años. Doña esperanza sabía lo que se hacía, pues ahora que escaseaban las defunciones, debía incrementar las ventas, y para ello nada mejor que una rapaza de generosas formas, locuaz como pocas y a la que no le ofendían los piropos de una clientela masculina cada vez más numerosa. De hecho, hasta al mismísimo alcalde se le iban los ojos cada vez que la muchacha, bien tenía que subirse a la escalera para agarrare una broca del cuatro, bien cuando devolvía el cambio a un cliente, acompañado de una sonrisa propia de una hetaira reclinada en el triclinio en sinuosa postura.

Las noticias que D. Sinforoso trasladaba a la madre de Taquín sobre el buen hacer del muchacho hacían que Doña Esperanza se sintiera muy orgullosa de su hijo. "Es muy buen mozo, y muy trabajador, y muy honesto, honrado y listo, y muy...", decía mientras se detenía para lanzar uno de sus conocidos suspiros, que coincidían cuando a su memoria le venía la imagen triste del joven. Ni qué decir tiene que los susodichos informes eran la disculpa hallada por el alcalde para pasar a ver, bien a la viuda en vida, bien a la muchacha, pues ni una línea había recibido hasta la fecha del prenda. En paralelo, había decidido ocultar a la madre de su enviado que, nada más llegar, se produjo en el país una asonada militar en la que fueron pasados a cuchillo la mayor parte de los miembros del partido liberal hasta entonces en el gobierno, así como algunos representantes de la curia que comulgaban más con el populacho que con el poder, una fórmula de religiosidad que años más tarde encontraría representación en lo que se llamó la Teología de la Liberación.

La periodicidad de las visitas coincidió con el intercambio de partes respecto a las vidas llevadas por ambos en el pasado. Aunque la compostura y el respeto mutuo nunca sobrepasaron ninguna frontera imaginaria, es cierto que la complicidad iba creciendo, hasta el punto de empezar a conocer el uno del otro, secretos nunca antes desvelados o formularse preguntas que sólo un año antes hubiesen puesto punto y final a la amistad existente entre alcalde y vecina.

Las conversaciones se iniciaron con temas básicos y elementales, como el tiempo, el trabajo en la ferretería y en la Alcaldía, las próximas fiestas patronales, la conclusión del dispensario, "¡que tanta falta hace!", apostillaba doña Esperanza, al que sucedía el inevitable suspiro, o la negociación para que la empresa Autobuses La Estación aumentara la frecuencia de paradas en el pueblo, si bien era preciso recordar que sólo poseía un único coche de línea y el mercado de repuestos era tan escaso como las lluvias a partir de San Ignacio.

Pero como el capítulo de nimiedades y cortesías iba tocando a su fin, provocó que ambos comenzaran a indagar en asuntos personales. Tamaña osadía no hubiera sido posible sin que, previamente, se hubieran suscitado tan anodinas conversas. Así que a ninguno de los dos les resultó extraño escuchar de sus bocas, y sin previo aviso, preguntas hasta entonces inimaginables.

Cierta mañana de un soleado día del mes de julio, D. Sinforoso salió de su despacho y se encaminó rumbo hacia Herederos de Afligido, no sin portar para la ocasión un florido ramo de girasoles, flor, todo hay que decirlo, no muy al uso para ser regalada, pero D. Sinforoso era así, campechano y detallista a partes iguales. El obsequio dejó a la beneficiaria algo desconcertada, pero su buena cuna le permitió salir airosa y recibir con una sonrisa el citado ramo cual si fuera una bendición papal, pues a cristiana no la ganaba nadie. Una vez insertado en el jarrón de turno, la receptora del presente le inquirió:

-Y usted, ¿cómo es que tan joven decidió irse a hacer las Américas? -preguntó Doña Esperanza al flamante alcalde en un arranque de confianza para el que ni ella misma había sopesado la conveniencia o no de la directa. Sin embargo, la misma no fue recibida cual puyazo sobre la dorsal de un morlaco de Osborne, lo mismo que le ocurrió al último novillo de una memorable jornada taurina, que quedó hecho unos zorros tras recibir una veintena de estocadas a manos del aspirante a matador, si bien aquella sangría dio mucho que comentar, pues el susodicho era matarife de profesión. "Debieron ser los nervios", apuntaron algunas voces que ya veían cercana la alternativa como matador en la Maestranza sevillana de manos de Antonio Bienvenida. Los agoreros, sin embargo, adujeron que todo se debió a que en uno de los lances el morlaco rasgó el traje del novillero dejándole las vergüenzas al aire. "Que se te ve la herramienta", jaleaban los asistentes, al tiempo que las pulsaciones del maestro anunciaban un inminente colapso. El resultado no fue otro que el novillo acabó por humillar y esperar la sentencia final en el arte que mejor se le daba al involuntario exhibicionista. En esta ocasión no erró en la suerte del descabello.

-Amoríos, mi querida señora, amoríos -respondió lacónicamente el antiguo matador, al que sólo los recuerdos de los mismos, aún transcurridos tantos años, se le hacían tan dolorosos como la cornada que sesga la femoral del maestro cuando entra a matar.

Pese a ello, D. Sinforoso no reculó y relató lo que habían sido sus primeros veinte años en el pueblo, a qué se dedicaba, sus proyectos de futuro y cómo estuvo en relaciones con una muchacha de la localidad de nombre Inmaculada que terminó por romperle el corazón y que, ante la oposición de los padres de la muchacha, se vio obligado a coger la maleta y embarcarse en Vigo hacia el Nuevo Mundo.

-¡Qué cosas! -respondió Doña Esperanza, seguido, una vez más, de un suspiro. Tras la oportuna recomposición pulmonar, su confesora comentó que también su madre se llamaba Inmaculada, si bien era un nombre muy frecuente en la comarca. Y así dieron aquel día por zanjada la conversación, aprovechando que Matilde anunciaba que procedía a echar el cierre mientras saludaba con picardía al máximo mandatario local. "Para lo que usted guste, señor Alcalde", le decía mientras inclinaba la cabeza, pero sin que sus ojos e apartaran de los de D. Sinforoso. Aquellos flirteos acabarían por provocar un cisma de tal envergadura que el anatema planeó durante un tiempo sobre la figura del conquistador.

Desde aquel día, los esfuerzos de D. Sinforoso por encontrar el motivo que le había devuelto a suelo patrio conocieron un desarrollo inaudito, hasta el punto que, si no llega a ser por la decidida intervención del alguacilillo, el pueblo estuvo a punto de quedarse sin las fiestas patronales, dedicadas a Santa Becada, patrona de las aves migratorias y de natural querencia desde hacía siglos por aquellas tierras castellanas.

Los resultados del alcalde no fueron todo lo satisfactorios que él deseaba, pues dos décadas atrás el Registro Civil sufrió un incendio de mayúsculas proporciones que dejó a buena parte de la población sin origen conocido. Las inspecciones que se llevaron a cabo con posterioridad dieron como resultado que todo se debió a los elementos y que la madre naturaleza había decidido desviar uno de sus rayos hacia aquel edificio. Sin embargo, corrió el rumor que uno de los bomberos había encontrado restos de un cartucho de dinamita entre las ruinas del edificio, por lo que todas las miradas apuntaban a una suerte de pirómano a gran escala. Pese a tamaño infortunio y la ausencia de pruebas, no impidieron que un buen día D. Sinforoso, movido por una curiosidad que le carcomía desde su regreso a España, se atreviera a dirigirse a la madre de Taquín en los siguientes términos:

-Es usted una mujer joven, Doña Esperanza, pero no le conozco familia en el pueblo ni parientes cercanos - le espetó. La pregunta, a diferencia de otras anteriores, sí cogió por sorpresa a la viuda en vida de Inmaculado Afligido, si bien supo hacer frente al envite verbal con elegancia y templanza.

-Es cierto -respondió-. Los recuerdos que tengo de cuando era niña me trasladan a la casa de mis abuelos maternos. Prácticamente no tengo imagen alguna de mis padres, o más bien debería decir únicamente de mi madre, salvo la de unas fotografías que encontré por pura casualidad, pues de mi padre nunca supe nada. Una de las criadas de la casa -continuó-, me confesó que mi mamá desapareció un buen día cuando yo aún contaba sólo cinco años de edad, y que mi padre falleció poco después manipulando unos explosivos, afición que parece ser le venía ya desde niño. Con los años he llegado a la conclusión -prosiguió Doña Esperanza en un arranque de sinceridad-, que mis abuelos, en realidad, nunca me quisieron. Estuve interna en Valladolid, en un colegio de las Hermanas Jesuitinas, y cuando terminé la edad escolar me encontré prácticamente de la noche a la mañana casada con mi marido, en un matrimonio acordado a mis espaldas por mis abuelos. Y total, para lo que me ha servido, pues ya se hace usted una idea que como marido poco me ha dado, pues la misma noche de bodas sufrió una parálisis y así sigue, tonto hasta que se muera.

Las aventuras y desventuras de Doña Esperanza no terminaron ahí, sino que se prolongaron varios días más ante el oído atento de D. Sinforoso, el cual, poco a poco, comenzó a atar cabos que hasta ese momento se encontraban perdidos en alta mar.

XIV

La niña Chole acababa de cumplir los dieciséis años, fecha en la que las jóvenes colombianas alcanzaban la mayoría de edad, de modo que para la ocasión se dispuso la oportuna fiesta, más cuando la misma era, además, la hija del inefable Cogollos Solabarría. Los jardines de la hacienda Inmaculada se llenaron de guirnaldas, bombillas de colores y cuanto abalorio contribuyese a realzar aún más a la joven. Eustaquio, que había abrazado con fervor todo cuanto tuviera relación con la antropología local, especialmente con la concerniente al ser humano en su vertiente femenina, se había vestido con el tradicional liqui liqui, camisa blanca, con hechuras de camisón, reservada sólo para las grandes ocasiones.

Todo estaba dispuesto para recibir a la ya mujer, que llegó del brazo de su orgulloso padre. A lo largo del recorrido que le condujo hasta el improvisado altar, dos hileras de invitados la obsequiaron con pétalos de flores que terminaron por conformar una alfombra de apasionados tonos rojizos. Una vez en el mismo, y a ritmo d elos primeros sones de Bamburco, el oficiante, una mezcla entre chamán y sacerdote, inició el ritual que combinaba a partes iguales, aunque sin mucho sentido, expresiones y gestos propios de la santería con lecturas de textos en los que uno no sabía muy bien si lo que oía eran párrafos del Antiguo Testamento o bien soflamas del mismísimo Calvino o de su deriva, aunque erróneamente interpretada, sexta de los anabaptistas, unos libertinos de cuidado. Afortunadamente, la vida de los allí congregados no terminó como la de los anteriores. Pero fuera lo que fuera, todo el mundo estaba alegre y feliz por la nueva vida que le aguardaba a la niña Chole, ahora que acababa de entrar en edad casadera, y en la que su padre, Cogollos Salabarría, había puesto muchas esperanzas.

Terminada la ceremonia, todos los presentes estaban obligados a rendir saludos y ofrendas a la joven, que abarcaban desde collares de flores y granos de maíz y todo cuanto presente tuviera que ver con la artesanía local, pasando por media docena de gallinas y un gallo, hasta harina para la elaboración de arepas y un burro, dejando bien a las claras cuáles eran los cometidos de una mujer en aquellas tierras.

Sin embargo, todos los ojos estaban puestos en la última persona que se acercaría para felicitar a la niña Chole y presentarle sus respetos. Ese lugar estaba siempre reservado a la más alta figura local, que iba desde el alcalde, el capitán del destacamento de la Guardia Nacional o el obispo, si lo hubiera. Pero aquel lugar un tanto apartado del núcleo urbano con suficiente notoriedad para aglutinar a alguno de los anteriores, el honor recayó en "el Patroncito", como ya se conocía en la zona a Taquín, si bien los apodos secundarios eran ya tan familiares o más que el oficial, especialmente el de "el Cóndor". Todo indicaba que el apelativo respondía a la semejanza facial habida entre el pajarraco y el bueno de Eustaquio.

Al igual que le sucediera en anteriores ocasiones con cuanta joven cruzaba el propileo de la hacienda,

Taquín quedó tan prendado de la niña Chole como Pigmalión, enamorado como Otelo, y hasta se imaginó a su nueva amada como si fuera la mismísima Lady Godiva, desnuda y a galope por el altiplano antioqueño. Y es que el calentón juvenil del patrón no conocía freno, a lo que habría que sumar que el padre de la moderna Calpurnia había domeñado durante meses al susodicho para lograr el efecto que esperaba. Y lo logró.

Para empezar, Eustaquio regaló a la debutante en la vida adulta un collar de perlas que había encontrado en la caja fuerte que antaño perteneciera a D. Sinforoso, así como una respetable cantidad de dinero. Al padre le obsequió con unas tierras en las que, entre otros pastos, se cultivaba también hoja de coca y que Cogollos Solabarría había puesto en conocimiento del patrón que la misma podía ser la causa del anómalo comportamiento de las vacas. Para mayor tranquilidad, Cogollos le aseguró que en lugar de hierba se procedería a sembrar la zona de maíz del que extraer la harina con la que elaborar el chócolo, variedad local de las conocidas arepas.

A continuación, y una vez que el ejército de fámulos se encargó de los regalos, volvió a sonar el Bambuco y la algarabía se desató entre el más de un centenar de invitados. La ocasión era propicia para el noble ejercicio de la gula, pues todo indicaba que previamente se habría producido una ofrenda al buey Apis que supo responder con generosidad a las plegarias. Así las cosas, al anterior chócolo, con quesito antioqueño y a la arepa de maíz pelao le siguió la popular Bandeja Paisa, plato popular donde los hubiera, lo mismo que si se tratara de un buen cocido en España, ya fuera gallego, madrileño, cántabro o la variedad leonesa del Botillo de Ponferrada.

En igual medida, el alcohol corrió calentando gargantas y corazones a partes iguales. La música se prolongó por espacio de dos días, y al tercero Taquín despertó tan arrepentido como siempre y mirando de reojo para saber quién era en esta ocasión la joven que yacía a su lado. ¡Mi madre, la niña Chole!

XV

Era tal la confusión que reinaba en la cabeza de D. Sinforoso que hasta se había olvidado de la labor encomendada hacía y a meses a Taquín y del que no había vuelto a tener noticias. Fue por eso por lo que un día decidió mandar un telegrama al anterior reclamándole urgentemente algún tipo de informe en el que se le diera cuenta de los avances realizados, si es que alguno hubiera.

Joven Eustaquio. Stop. Ruego me haga llegar a la mayor brevedad estado de mis vacas. Stop. Su silencio me preocupa. Stop. Confío en su buen hacer. Stop. Cuídese de Cogollos Solabarría. Stop. Es un advenedizo de cuidado. Stop. También de la muchachada. Stop. Quedo a la espera. Stop. D. Sinforoso.

Una vez enviada la misiva, el alcalde abandonó la oficina de Correos de camino a Las tres uvas, pues era hora ya de saborear un moscatel. En la taberna se encontró con D. Cojoncio, y ya fuera por la similitud en edades, bien porque era de las pocas personas con las que se podía hablar de algo más que de siembras, rastrojos, el consabido pulgón o la mitomatosis que se cebaba con los conejos, ambos decidieron tomarse un respiro y compartir mesa.

-Mucho se le ve a usted por casa de Doña Esperanza -le soltó el galeno al poco de iniciar la conversa.

-Es una mujer agradable, tengo a su hijo en nómina, y, por qué no decirlo, la Matilde me alegra siempre un poco el día -respondió.

-Cuidado con esa, D. Sinforoso, que yo me creo que pica alto -le advirtió el discípulo de Hipócrates.

-Que va, que va, yo ya no tengo edad para esas cosas, si bien no le hacía yo ascos a la moza. ¡Si me hubiera pillado con veinte años menos, otro gallo cantaría, pues no se libraba de un buen tiento! -respondió ufano.

-Pero a santo de qué tanta visita a la ferretería, si me permite preguntárselo, alcalde.

En ese momento, D. Sinforoso dudó sobre la conveniencia o no de desvelar la verdadera razón que le había traído de nuevo a España después de tantos años en el extranjero. Pensativo, se pimpló el moscatel de un trago, pidió otro, y se arrancó a puerta gayola lo mismo que días antes había hecho en compañía de Doña Esperanza.

-Lo que le voy a contar tiene que quedar entre usted y yo. ¿Lo ha comprendido? tiene que jurármelo -insistió.

-Tanto misterio me asusta -respondió D. Cojoncio-, pero tiene mi palabra que su secreto queda a buen recaudo.

Una vez que la graduación etílica del moscatel liberó al alcalde de miedos, se arrancó a contarle la historia de su vida, especialmente el capítulo que décadas atrás le obligó a salir del país.

78

D. Cojoncio escuchaba con atención al tiempo que su mente retrocedía en el tiempo, pues aquella historia no le era desconocida. La había vivido en primera persona como joven médico cuando una madrugada tuvo que hacer frente a la primera gran tarea que requirió de sus servicios como fue, precisamente, asistir al parto de la joven Inmaculada. Aunque lejano en el tiempo no lo había olvidado, pues recordaba cómo Doña Romana repetía una y otra vez, "¡qué vergüenza, Señor, qué vergüenza!", a la vez que se persignaba; mientras, su marido, D. Crescencio, no dejaba de soplar copas de cognac, al grito de "¡cuando lo encuentre, lo mato, juro que lo mato!", al tiempo que montaba la paralela de Sarasqueta, se anudaba la canana a la cintura y procedía a llenarla de postas.

A medida que el relato avanzaba, los recuerdos de D. Cojoncio hacían lo propio pero en sentido inverso, trasladándole a tiempos pretéritos, cuando un joven médico acababa de aterrizar en la localidad que lo vio formarse como galeno. Nunca olvidaría el parto de la joven a la que aludía D. Sinforoso. De naturaleza frágil, delgada de peso y caderas estrechas era, como hembra, la menos idónea para parir, y de ahí las complicaciones.

A la falta de energías de la parturienta se sumó que el bebé venía de vuelta, por lo que el matasanos tuvo que echar mano del oficio de sus colegas en cuanto a reses se trataba y voltear el feto, pues se corría el riesgo de que la falta de oxígeno complicara aún más la tarea del alumbramiento. A ello se sumó la oposición del *nasciturus*, pues debía temer por el maná que le proporcionaba la placenta y se negaba a abandonar la cueva, oculto en ella como un tejón. Finalmente, y ante la negativa de enfrentarse al mundo de manera natural, hubo que recurrir a la intervención quirúrgica. La cesárea obró el milagro y una hermosa niña concluyó el camino en brazos del médico. Era la primera, pero no sería la última.

El feliz desenlace no impidió que los abuelos continuaran con sus particulares pláticas y que el presunto padre inundara el cielo de explosivos artificiales, pues de todos era conocida la afición que tenía aquel cretino desde niño por la pirotecnia.

Abstraído por completo de la perorata del alcalde, y cuando ya creía tener claro que el mastín que a la mesa lo acompañaba era, en realidad, el padre de aquel bebé, a su mente acudió un recuerdo que tenía por olvidado y que añadió mayor confusión aún. Tras aquel bautismo de fuego en materia médica, no había transcurrido setenta y dos horas cuando fue requerido con urgencia para asistir a otro parto. En esta ocasión, la joven había ocultado los nueve meses el embarazo a sus padres, los cuales, aunque de humilde asiento, eran tan convencionales o más que los que hacían gala de una prosapia sólo reservada a unos pocos. Pero la honra no conocía de distingos sociales.

A diferencia de lo acontecido tres días antes, en el nuevo paritorio la futura madre colaboró en todo cuanto pudo. Reclinada sobre la cama siguió al dedillo las indicaciones que el médico le daba, y en menos que canta un gallo otra niña contribuyó a repoblar aquella parte de la paramera castellana. Cuando vieron a la criatura, los padres de Matilde, nombre de la joven madre, se olvidaron por un momento de convencionalismos, así como del semental que la había preñado, y decidieron que la recién nacida conocería el bautismo bajo el nombre de Inmaculada. En cuanto al verraco, las fuentes oficiales, y las no tanto, comentaban que la joven Matilde había sido vista en no pocas ocasiones con un joven de la vecina localidad que, con motivo de las fiestas patronales, gustaba de dar muletazos a las vaquillas, pues era ducho con el capote.

-¿Se encuentra usted bien?, le noto algo pálido -inquirió D. Sinforoso.

De nuevo en el presente, el galeno sólo tuvo tiempo de coger la copa de moscatel y arreársela de un trago para facilitar el aterrizaje.

-Me tendrá que perdonar, alcalde, pero acabo de recordar que dejé en casa unos papeles por arreglar y es de máxima urgencia su envío a Madrid -se disculpó, sin escuchar objeción alguna de su compañero de mesa si bien se mostró algo desconcertado al ver partir al galeno disparado hacia la salida de Las tres uvas.

Una vez en su despacho, D. Cojoncio se dedicó con afán a rebuscar entre papeles los informes de aquellas dos salidas. Una vez comprobadas las anotaciones hechas en su día y referidas a fechas, tamaño y peso de las criaturas, horarios, nombre de las madres, incidencias habidas en los partos y cuantas cosas ayudaran a encontrar qué había sido de aquellas dos bebés, de idéntica edad, idéntico nombre e idéntica desdicha para sus desafortunadas madres, era preciso certificar, entre otras cosas, la identidad del toro de lidia.

A partir de ese instante, el médico, reconvertido para la ocasión en un infatigable Perdiguero de Burgos, comenzó a otear el viento para tratar de hallar, no el rastro de las patirrojas, sino cuál de aquellos dos bebés era la hija natural del alcalde, si es que sólo una lo era, pues conocida como era la fama que precedía a D. Sinforoso a través de las noticias que a España llegaban de su ajetreada vida social en Colombia, no sería de extrañar que la misma se hubiera iniciado ya años atrás en tierras castellanas y, finalmente, fuera el padre de ambas.

El problema es que desde hacía algún tiempo no fueron pocas las ocasiones en que daba la impresión de que el alcalde parecía quedar sumido en la nada hasta que bien u n golpe o cualquier otro sonido le despertaba del letargo en el que parecía caer. Con los años, ese extraño sucedido acabó por tener nombre propio: Alzheimer. Había, por tanto, que andar presto antes de que la niebla eclipsara para siempre al sol.

XVI

Eustaquio se levantó de la cama como pudo, dando tumbos de lado a lado mientras con una mano se sostenía la frente y con la otra se apartaba las criadillas para observar el desaguisado. "Esta vez te has pasado", pensó, pues la entrepierna le ardía como un trago de cazalla en ayunas.

"Creo que he dejado de creer en Dios y he empezado a creer en el diablo", se dijo. Todo así lo indicaba, pues había abrazado con placer tres de los siete pecados capitales, la pereza, la lujuria y la gula. Llevaba casi un año en Colombia y nada había hecho del encargo que D. Sinforoso le había encomendado, salvo unas pocas líneas que había comenzado a escribir. Ni una sola vaca había pasado por sus manos para entender el mal que las aquejaba. De la lujuria mejor no hablar, pues hasta la fecha, el tiempo que llevaba acostado en la cama en compañía de alguna joven era infinitamente superior al que le requería la tarea anterior, y respecto a la gula, el perímetro alcanzado lo delataba. Aunque de aspecto algo enclenque aún, Eustaquio había crecido en kilos lo mismo que en sabiduría respecto a las cuestiones de la entrepierna.

Pero para expiar culpas por tanto pecado, nada mejor una ducha y unas friegas para devolver a la vida al manubrio que ahora se encontraba en horas bajas. Como siempre, el arrepentimiento fue tan efímero como el rocío en pleno estío. Al salir del baño comprobó que la niña

Chole no acusó el ruido de la ducha y continuaba durmiendo. Mejor así, se dijo.

A continuación, y movido por una curiosidad que había dejado a medias justo antes de la bacanal, se dirigió hacia el escritorio para buscar de nuevo aquella carta perfumada que días antes había encontrado entre los papeles que D. Sinforoso había dejado tras su regreso a España. No le fue difícil dar con ella, de modo que, movido por el interés del contenido de aquel sobre, lo abrió con cuidado y de él extrajo una carta que así decía:

Amado mío,

han transcurrido ya cinco largos años desde que nos vimos obligados a separarnos. Nuestro amor, aunque sincero, era imposible. Mis padres se opusieron rotundamente a que nos casáramos, aunque intenté explicarles que habría sido lo mejor, pero bien sabes que el abolengo en ocasiones no permite la unión de amantes. Dispusieron de todo cuanto estuvo en sus manos para impedir que la noticia de nuestros amoríos saliera de las cuatro paredes de mi casa.

Al poco me vi en Madrid, interna en un colegio de monjas, destrozada de dolor por tu ausencia, tus cariños y tus besos, pero más aún por lo que en mi interior se estaba gestando y que no era otra cosa que la criatura que concebimos aquella última noche de amor bajo la mirada algo acalorada de la luna.

Conforme pasaba el tiempo no me quedó otra que comunicar a mis padres que me encontraba encinta, hecho que significó la puntilla para ellos. La hipocresía de este país se materializó una vez más para evitar el escándalo, de modo que rápidamente me hicieron regresar al pueblo y apañar un matrimonio con el imbécil de Arturito. Estoy segura que lo recuerdas, pues era aquel muchacho solitario que se dedicaba a meterles petardos a las ranas por el culo. Pero mis padres vieron en él, no al marido ideal, sino al cretino al que endilgarle a una joven ya preñada sin que él se diera cuenta.

Además, su familia, como recordarás, era también de buena cuna y vieron con agrado el enlace. Seducidos por mis padres, quienes les habían dicho que en Madrid añoraba a su hijo con quien, afirmaban, había estado ya en relaciones, no pusieron objeción alguna para que la boda se celebrara con rapidez. Y aunque al cabo de siete meses nació una hermosa niña, ninguno sospechó nada, pese a que la pobrecita fue generosa en peso.

Decidí que se llamaría Esperanza, y así creció, sana y feliz, sin sospechar, por su puesto, que aquel al que llamaba "papá" no lo era en realidad, y que el verdadero se encontraba a miles de kilómetros de distancia. Me refugié en su crianza y cuidado ante la indiferencia de sus abuelos y el normal atontamiento de su padrastro, más preocupado aún, y pese a lo avanzado ya de su edad, en seguir experimentando con cuanto explosivo cayera en sus manos.

Aguanté así cinco largos años hasta que decidí que no podía más, y una noche empaqueté cuatro cosas en una maleta y abandoné la que había sido mi casa, aún con todo el dolor de mi corazón por dejar allí lo único que me ataba a ti y a tu recuerdo.

Tras dos días de camino llegué al convento de Hermanas donde hallé refugio y paz, y en él resido desde entonces. Me he dedicado por entero a hacer el bien. Vivo recluida entre sus paredes y al cuidado del Códice que contiene el repertorio musical que cantan las monjas. También me ocupo del jardín y hago brocados. Como verás nada tiene que ver con la vida que esperaba, pero así lo ha querido Dios.

Fueron muchas las ocasiones en que inicié la carta que ahora sostienen tus manos, pero ninguna conoció el final, hasta la presente, pues, además de sentirte cerca, consideré que era justo hacerte partícipe de la existencia de tu hija aunque no así de mi desdicha.

Creo que esto es todo. Te pido que, si algún día vuelves a España, busques a tu hija, le hagas saber quién eres realmente y la cuides y quieras como se merece. En cuanto a mí, te ruego que respetes mi decisión, pese a que nada me gustaría tanto como verme rodeada, aunque sólo fuera una vez más, por tus brazos y sentir el sabor de tus labios.

Siempre tuya,

Inmaculada

Cuando Taquín terminó de leer aquella carta que desvelaba, entre otras cosas, el amor imposible de D. Sinforoso con una joven de su misma localidad, quedó sin habla. Su cabeza hervía, y no sólo por la cantidad de ron que había aún en sangre, sino porque aquella historia se parecía y mucho a la que su madre, también llamada Esperanza, le narraba de vez en cuando a su marido, que la escuchaba sin oír, y como mejor válvula de escape de tiempos pasados y amargos, especialmente en lo tocante a la ausencia de una madre y a la indiferencia de los abuelos.

Eustaquio quedó como mudo, sin saber muy bien qué pensar sobre lo que acababa de leer. ¿Existiría la posibilidad, por remota que fuese, de que D. Sinforoso fuese realmente su abuelo o todo obedecía a los efluvios alcohólicos que aún bullían de nariz para arriba? Fue en ese momento cuando llamaron al a puerta del dormitorio reconvertido en un Odeón del placer y un propio le entregó un sobre. "Recién llegado desde España, patrón", le dijo el fámulo. El mismo contenía el mensaje que el alcalde le había escrito interesándose por su labor investigadora acerca del comportamiento del ganado, así como la advertencia respecto a los intereses ocultos del vasco-colombiano, padre, casualidad, de la joven que yacía a escasos tres metros de distancia.

"Llevo aquí ya casi un año y aún no me he acercado a vaca alguna para averiguar porqué montan a los toros y no al revés", se dijo. "Me parece", continúo, "que ya va siendo hora de empezar a trabajar en lugar de seguir montando hembras, no sea que, además de un perdulario, acabe repoblando la zona de hijos espúreos como parece que antaño hizo el que pende sobre la puerta", en alusión al cuadro de D. Sinforoso ataviado de luces.

Decidido a invertir la vida llevada hasta el momento, Eustaquio pidió que le preparasen un caballo para iniciar la andadura por el vasto territorio y desvelar el mal que afectaba a las vacas, así como una carreta con provisiones para, al menos, quince días. A su salida de la hacienda fue despedido como si de un pionero se tratase, a la conquista de nuevos horizontes, salvo que en la presente las fronteras ya estaban delimitadas con antelación.

Pero como tampoco era la cuestión vivir durante esas dos semanas como un anacoreta, montó en el carro a un par de jóvenes criollas en calidad de cocinera la una y lo que fuera la otra.

XVII

Durante varias jornadas, D. Cojoncio estuvo apostado en la mesa que tenía reservada en Las tres uvas para intentar descubrir entre sus parroquianos al que podría ser el padre de aquel otro bebé, pues, aunque factible era que el padre natural fuera igualmente D. Sinforoso, era mejor asegurar antes que pinchar en hueso. A ello se unía la confesión hecha por el anterior, en la cual ni una sola vez se hizo mención a la madre del retoño, pero tratándose del alcalde, toda hembra era buen para descargar alivios. Habían transcurrido casi cuatro décadas desde entonces, por lo que nos ería fácil de encontrar. Al natural envejecimiento había que sumar los rigores del clima castellano que dejaba entre las gentes del campo surcos profundos en los rostros como la tierra tras meses de sequía.

Aun así, el semental debería aún guardar restos de cierto atractivo físico, pues la Matilde era entonces joven agraciada, con facciones lozanas, mirada gatuna y de hechuras generosas, amén de sentirse atraída por la tauromaquia, lo mismo que la joven que trabajaba en la tienda de Herederos de Afligido, la cual guardaba un asombroso parecido con aquella otra, además de heredar nombre. Amén del talle, la labor escudriñadora llevada a cabo por el nuevo miembro de la Benemérita debía centrarse en alguien a quien ver se en el centro de un coso le supusiera el mismo ardor que el primer "manchao" del día. Desgraciadamente, era la del capote una afición sumamente extendida por el país en aquellos años, de modo que difícil iba a ser dar con alguien que no hubiera sentido alguna vez la llamada del morlaco, lo mismo que en el fútbol. O eras merengón y de Di Estéfano, o del Barcelona y de Kubala; pero si de la Copa del Generalísimo se trataba, ahí o había dudas, del Bilbao y de Zarra.

Las fiestas de cualquier pueblo concentraban en la novillada de rigor o en la suelta de vaquillas su día grande, de modo que todo cuanto mozo había no desaprovechaba la ocasión para lanzarse al ruedo y dar unos capotazos, aunque la mayoría saltaba el burladero impulsados más por la ingesta de varios sol y sombras que por un deseo de hacerse un nombre entre el mundo taurino.

"El Nemesio me da a mí que no; Lucas, tampoco; Indalecio pudiera ser, pero es más bien corto de entendederas; Aureliano, al igual que el anterior, es también sandio, además tiene en el hogar a la Casilda, que siempre le ató corto; Marcelino quedó para vestir santos; el Antonio tenía bastante con vigilar a sus hermanas…", y así una larga retahíla de nombres que, aunque invitaban al pesimismo, sin embargo iban poco a poco cerrando el círculo. Antes de fijar la mirada en Cipriano, el inspector médico llego a pensar que, tal vez, el que preñó a la Matilde podría haber muerto, ya que por un lado la gloriosa Cruzada, y por otro la gripe, habían dejado no pocas viudas en el país. O podía ser, como desde un inicio pensó, que la doble paternidad recayera en una misma persona: el mismísimo alcalde.

Pero antes de volver a tiempos pretéritos con el anterior a fin de aclarar si también en esta ocasión había hecho siembra en la vecina localidad, era del todo necesario saber de la existencia o no de otro becerro. Una acusación directa su promiscuidad juvenil podría agravar el mal que comenzaba a aflorar en el máximo mandatario local, por no hablar que las noticias corrían tanto como las liebres y se escuchaban hasta en El Pardo.

Quiso la fortuna, o tal vez la intercesión de la diosa Hebe, que D. Cojoncio fuera testigo de la entrada en el templo erigido a Baco de D. Sinforoso acompañado del Cipriano. Ambos reían y escenificaban junto a la barra imaginarios pases de muleta, la suerte de los palitroques y hasta saludos a los congregados mientras que una mano escenificaba que la misma sujetaba una oreja y la otra hacía lo propio con el rabo del Minotauro.

"¡Pero cómo no lo imaginé antes!", pensó para sí el galeno. "¡El Cipriano!". Ahí podía estar la clave de la paternidad de ambas criaturas. "O tal vez no", se recordaba en un baño de realidad. Ante semejante oportunidad no quedaba otra que entrar a matar, y aquella era una suerte que dominaba bien el galeno. Alzó la diestra e hizo un gesto a los recién llegados para que se unieran a su mesa, engaño que los cabestros aceptaron de buen grado.

Tras las oportunas palabras de conveniencia y presentación, y aclarados los gestos que el médico observó desde la barrera, comenzó a bailar con elegancia la línea. Hábil como buen pescador con mosca seca que era, sabía que debía realizar un lance suave para no espantar al salmónido, pues la corriente era escasa y abundaban los remansos. Conocidas eran sus artes en los ríos de la comarca, y la ocasión requería de su maestría. Tras varios movimientos de muñeca, necesarios para imprimir el ritmo adecuado, la seda onduló varias veces en el aire, formando una suerte de serpiente silbante hasta depositar la ninfa justo donde deseaba y merced a un aterrizaje silencioso. La mosca Adams, tantas veces utilizada con anterioridad, había sido para la ocasión sustituida por la imagen de la cariátide que trabajaba en el Erecteión ferretero, acompañado todo de una nueva ronda de coñac Magno a la que invitó el galeno.

-Acabo de venir de la ferretería de Doña Esperanza y hay que ver la añada que tiene la moza que despacha en el mostrador -lanzó directo el médico con el fin de ver cuál de los dos recogía el guante y cuál humillaba en tablas. La reacción no se hizo esperar, y fue D. Sinforoso, buen pescador también pero ahora, y sin saberlo, reconvertido en trofeo, el que no le hizo ascos a la muleta, brindando pases con hechura, serios y hasta mirando al tendido. Pero los ojos del galeno estaban puestos en los del Cipriano, que acusó el pinchazo de la garrocha y guardó silencio.

Cuando después de media hora la conversación tocó a su fin y llegó el turno de las despedidas, el alcalde se vio retenido por un paisano a cuenta de un problema de lindes, circunstancia que aprovechó D. Cojoncio para despedirse del Cipriano con un apretón de manos y un certero:

-Buena y trabajadora moza le ha salido la nieta, Cipriano.

De maneras recias, aquel joven ahora abuelo, no hizo gesto alguno pese al perdigonazo recibido que le partió el ala, si bien algún tiempo después supo del médico que a aquel desliz adolescente respondió el Cipriano con dignidad, pese al mal causado y a los convencionalismos morales de la época. Desde la sombra, y a espaldas de la que luego fue su familia, se ocupó de que nada faltara a aquella joven y a su hija en cuestiones de manutención y estudios, pues era de familia de posibles.

El plan que había diseñado D. Cojoncio descansaba sobre cuatro pilares. El primero de ellos acababa de ser apuntalado. Restaba un largo camino, pero se veía con arrestos. Por delante le aguardaban tres tareas, cada cual más complicada.

XVIII

Los estudios que había realizado el veterinario que había estado al frente de la ganadería de D. Sinforoso durante años no aclaraban en nada el anómalo comportamiento de alguna de las vacas. Hasta la fecha nunca había tenido lugar una situación como la actual, pero de lo que no había duda es que algunas se comportaban como verdaderos sementales, dejando a los propios toros con el interrogante plasmado en el rostro ante las acometidas de parte del colectivo de hembras bovinas.

—¿Cuánto tiempo llevan así? —preguntó el Patroncito.

—Alrededor del año —contestó Edgardo Reses, mano derecha de Cogollos Solabarría y de apellido que le iba como anillo al dedo. De caminar zambo, pues desde que era un niño estuvo a lomos de todo cuanto équido anduviera por los alrededores, tenía cierto conocimiento del ganado, ya que a base de contacto directo algo terminaba por quedar. Al igual que Cogollos Solabarría, conocía el nombre de toda y cuanta vaca o toro se encontraba por el camino, pues nada más ver los anteriores que por aquellos lares andaba el cowboy andino, acudían, fieles, hasta él. Pese a tamaño conocimiento y familiaridad con el ganado, Edgardo Reses era algo pazguato.

—Los primeros síntomas los advertí con la llegada de la nueva partida —explicó.

-¿Qué nueva partida? -interrogó Eustaquio.

-La de las vacas lecheras -respondió algo confundido Edgardo Reses, pues pensaba que toda la información de la ganadería estaba a disposición del Cóndor-. D. Sinforoso -continuó- mandó un cablegrama desde las Españas con la orden de diversificar el negocio y no poner todos los huevos en la misma cesta, así que se optó por comprar un lote de vacas lecheras -dijo con algo de miedo en el cuerpo.

-¿Y esa partida convive también con el ganado destinado a la carne? -volvió a preguntar Taquín.

-Así es, Patroncito, pero, ¿por qué lo pregunta?

-Lo primero que hay que hacer es reunir el ganado perteneciente a esa nueva partida de vacas lecheras; de esa forma sabremos si son todas o solamente las pertenecientes a esta raza las que han invertido sus sentidos, que es a mí lo que realmente me parece -sentenció Eustaquio.

Como las órdenes del Patroncito se cumplían sí o sí, un grupo de vaqueros, liderado por Edgardo Reses, se puso manos a la obra y durante varios días se dedicaron al reagrupamiento de las vacas lecheras para comprobare si lo que rondaba la mente de Eustaquio llegaría o no al fondo del problema.

Después de unas cuantas jornadas de duro trabajo se logró introducir en unos gigantescos establos levantados para la ocasión a no menos de un millar de vacas, todas ellas lecheras, como había ordenado el enviado de D. Sinforoso.

-Si mis predicciones son lo que yo pienso de aquí a un rato veremos si son éstas las afectadas por ese mal del que tanto se ha hablado en la región o realmente se extiende por toda la ganadería -explicó Eustaquio a la vaquerada, al tiempo que aguardaba las noticias que debían enviar el resto de emisarios desperdigados por todo el complejo industrial que era la hacienda.

Tal y como imaginó las vacas ahora estabuladas emprendieron nuevamente su particular orgía, mientras que sus homólogas dedicadas a la producción cárnica siguieron con su quehacer natura que era comer y aparearse con los toros. "Algo parecido a lo que llevo haciendo yo desde que aterricé en estas tierras", se dijo para sí Eustaquio.

-La cosa está clara -sentenció el Patroncito.

-Cómo dice, señor -respondieron todos a uno los allí congregados.

-Son vacas Tora -explicó Taquín- y no dan leche porque estén en celo. Montan a los toros y se montan entre ellas porque no tienen un semental que las cubra. De ahí que sea necesario traer varios machos para que las cubran, porque si no paren no dan leche, y alimentar un animal que no produce leche es perder dinero -concluyó.

Un prolongado "aaaaaaaaaaaaah", en señal de aprobación mezclado con un bastante de asombro salió de las gargantas de los vaqueros, boquiabiertos del saber del Patroncito.

A una señal de Eustaquio dio comienzo otra bacanal, sólo que en esta ocasión como Dios manda y en nada parecido a la corrupción sexual que se había adueñado de aquella partida. Fueron necesarios medio centenar de toros para aparearse los cuanta vaca encontraran por el camino. Se dispuso todo lo necesario para la ocasión y cuanto despistado se dejaba caer por el gigantesco establo tenía la obligación de actuar como mamporrero oficial, aunque jamás de los jamases se hubiera visto en circunstancia parecida.

Las vacas mugían, los toros bufaban, y patrón, capataces y ayudantes no daban tregua a estos últimos que comenzaban a dar ya señales de agotamiento y demandaban un descanso en la tarea que, si bien placentera, resultaba también extenuante.

Tras una semana de fornicio ininterrumpido, la labor había concluido. Era el momento de hacer saber a D. Sinforoso que el problema estaba solucionado y a partir de ahora en las cuentas anuales de la ganadería se vería un notable incremento en el capítulo de los beneficios, gracias a la puesta en marcha de la mayor orgía que nunca hasta la fecha había tenido lugar en el mundo bovino.

Una vez de regreso en la hacienda, Eustaquio fue recibido como un héroe, ya que las noticias sobre la resolución del problema concerniente a las vacas habían llegado antes que él. En las escalerillas que daban acceso al propileo le aguardaba ya la niña Chole, la cual no pudo disimular un gesto de cierta repugnancia ante la apariencia del Patroncito, por no hablar del olor que desprendía, mitad a mierda de vaca, mitad a semen de toro.

Aun así, y pese a lo desagradable del hedor, la joven, que ya se veía a sí misma como la Patrona, agarró de la mano a Eustaquio, lo introdujo en el edificio y desde la entrada los allí congregados observaron cómo ascendían por la gran escalera camino del dormitorio. A partir de ese momento comenzaron las apuestas.

-¿Cuánto tardará en volver a bajar el Patrón? -se preguntaban unos a otros al tiempo que comenzaban las apuestas y el baile de dinero.

-¿Repetirá lo de la otra vez? -se oía decir.

-Cualquiera sabe -respondían otros-, aunque conociéndole, cualquiera sabe la vaina.

Pese a los propósitos hechos el mismo día de la partida hacía ya casi un mes, pues la tarea se había prolongada algo más de lo que calculara Eustaquio, el Cóndor volvió a las andadas, y en esta ocasión marcó un nuevo récord. El descenso a los infiernos duró en la presente exactamente veintiocho días.

XIX

Doña Esperanza estaba contenta con la marcha de Herederos de Afligido. Había encontrado en Matilde un elemento dinamizador de la caja registradora, si bien precisaba de contante vigilancia, pues no eran pocas las ocasiones en que se veía obligada a atar en corto a la rapaza.

-Te tomas algunas ligereas con la clientela -le dijo un día la madre de Taquín.

-Oh -respondía algo azorada la dependienta-, no irá usted a pensar, Doña Esperanza, que lo hago deliberadamente. Perdone que se lo diga pero me ofende usted. Si ellos se muestran galantes conmigo yo se lo agradezco, pero quiero que sepa que todo lo hago por la buena marcha del negocio. Que sepa que una servidora es muy decente.

Aquellas palabras no acabaron de convencer a Doña Esperanza, aunque bien mirado era mejor que la joven continuara con sus particulares zalamerías antes de que las pesetas prefirieran encontrar acomodo en otro tipo de establecimiento. Aun así le recomendó que el cuarto botón de la blusa encontrara el ojal correspondiente, pues se acercaba la festividad de San Ramón y en nada el relente comenzaría a hacerse sentir.

En estas estaban cuando, como de costumbre, cruzó la puerta del establecimiento la figura de D. Sinforoso.

-Buenos días, señor Alcalde -dijo presta la Matilde mientras hacía caso omiso a lo del botón y el ojal, saludando con lozanía al recién llegado.

-Buenos días -respondió éste sin desviar la mirada de aquel canalillo de formas sinuosas que algo tenía en común con su hermano mayor el de Castilla.

-¿La patrona no está? -preguntó la máxima autoridad local.

-Ahora mismo la aviso -respondió la joven mientras se perdía en el interior del local-. Estará con sus cosas -dijo ya desde el fondo al tiempo que gritaba-: Doña Esperanza, está aquí el señor Alcalde, venga, por favor, que la aguarda.

A los pocos minutos hizo su aparición Doña Esperanza sosteniendo una bandeja en la que humeaba una cafetera acompañada de dos pocillos, unos terrones de azúcar y una bandeja de pastas, "hechas como siempre por las Hermanas", señaló en referencia a las cuatro monjas que aún quedaban en un cercano convento que, entre otras cosas, sobrevivían merced a la venta de las citadas pastas y a la caridad del Régimen. "Constituyen el último bastión de Occidente", se escuchaba siempre en el NO-DO en todo cuanto tuviera que ver con la iglesia católica y el propio sistema político vigente en aquella España. Nada eran el uno sin el otro, y hubo épocas en que miembros de la primera mandaban tanto como el propio Caudillo. El poder del Opus Dei empezaba a dejarse sentir.

La degustación del café se prolongó, como era habitual, media mañana en la que uno a otro se contaban sucedido varios en el pueblo, algún que otro cotilleo, así como pequeñas confidencias. Pero en aquella ocasión los prolegómenos duraron menos de lo habitual, pues dos temas acapararon la conversa.

De un lado, D. Sinforoso narró a su acompañante cómo de acertada había sido la decisión de enviar a Taquín a tierras colombianas. La tarde anterior había recibido un cable en el que Eustaquio notificaba a su Patrón la resolución del conflicto sexual que se había apoderado de parte de su ganadería. Entusiasmado por el buen hacer del muchacho, extrajo de su cartera el texto que le había escrito el muchacho, poniéndolo en manos de la entusiasmada madre, si bien o pudo disimular el hecho de que el dominio de la gramática no fuera todo lo acertado que a ella le hubiera gustado.

Patrón. Stop. Provlema resuelto. Stop. Las vacas vuelben a la rutina. Stop. Nada de cruces extraños. Stop. Trabajo concluido. Stop. Haguardo órdenes. Stop. Eustaquio. Stop.

Doña Esperanza comprendió en ese momento que, tal vez, se precipitara cuando decidió sacar de la escuela a su hijo y ponerlo al frente de la ferretería, pero era eso o el abandono para siempre de su labor como plañidera, de la cual, por cierto, se contaban maravillas sobre su dominio en tan ingrata tarea. Así que hizo lo mejor que sabía hacer, no darse por enterada de las patadas al diccionario con que se había obsequiado Taquín cuando redactó el texto y delegar toda responsabilidad en el taquígrafo que lo había transmitido a D. Sinforoso mediante el cableado submarino que cruzaba el océano al dictado oral de su hijos.

"De vacas sabrá más que nadie, pero en materia de escritura es como un asno", pensó Doña Esperanza.

Ambos celebraron con alegría los éxitos conseguidos por Eustaquio, y también Matilde pues, aunque siguió despachando a la clientela, no había perdido el hilo de la conversación sostenida por Doña Esperanza y el alcalde. Es cierto también que no requirió de gran habilidad, pues cada vez era más numerosa la presencia de mujeres en la tienda cada vez que su marido anunciaba que tenía que ir a la ferretería con cualquier disculpa. Era preciso domeñar al varonío, pues se corría el riesgo de pérdida de compromisos matrimoniales, tal y como ya había advertido el párroco, biblia en mano, durante su última homilía, mientras sus palabras se depositaban directamente en la bancada masculina, bastante vacía, por cierto.

Ahora quedaba por dilucidar qué hacer respecto al futuro de Taquín. No había más que dos posibilidades, o regresar al pueblo o continuar en Colombia para bien de los intereses de D. Sinforoso.

-Habrá que saber, en primer lugar, qué es lo que desea el niño -dijo su madre.

-Por lo que a mí respecta, lo dejo a su elección. Tengo gente, o eso creo, capacitada para llevar la gestión de la Hacienda y todo lo concerniente al comercio del ganado, si bien no le negaré, mi querida amiga, que no le haría ascos a que su hijo gustara de continuar su presencia en aquellas latitudes -respondió el alcalde.

-Pero entre una cosa y otra puede transcurrir aún mucho tiempo -se atrevió a mediar Matilde ante la sorpresa de madre y patrón-, así que por qué no le dicen que se venga para que pueda comparar entre la vida que podría llevar allí y la que tendría aquí -concluyó la zagala.

Algo atónitos por la espontánea intervención de la dependienta, concluyeron, sin embargo, que la idea de la joven tenía su lógica, amén de ser objetiva y contar con todas las garantías posibles para que la decisión final que adoptara Eustaquio fuese la más acertada y la mejor para sus intereses. Además, en nada arrancaba septiembre y comenzaban una serie de fiestas importantes en la villa, en especial la de Difuntos, que, aun siendo el primero de noviembre, nada como estar con la familia para tan señalada fecha.

La aprobación otorgada por Doña Esperanza y D. Sinforoso se trasladó al rostro de Matilde, donde se dibujó una sonrisa picarona, así como al pechamen, que conoció un desarrollo similar al del sisón macho durante el ritual de apareamiento. "No voy a consentir que ninguna india se quede con lo que yo quiero", se dijo para sí Matilde. Sus planes de futuro estaban ya en marcha.

Mientras tanto, y cuando estaba ya a las puertas de Las tres uvas, D. Sinforoso se percató de que había olvidado comentar con Doña Esperanza el otro asunto que le había llevado hasta la ferretería. "Bueno, en otra ocasión será", pensó mientras se adentraba en ese otro despacho oficial en que se había convertido la taberna local y donde resolvía más trámites que en la mismísima alcaldía.

-¿Un moscatel como siempre, ¿señor alcalde? -salió de la garganta de Indalecio Crianza, a lo que respondió afirmativamente D. Sinforoso.

XX

-¿Está usted segura de lo que dice, señora Urraca? -preguntó D. Cojoncio.

-Tan segura como que fue una servidora quien le hizo la maleta a la niña y la acompañó hasta Burgos donde la dejé a la puerta del Monasterio de las Huelgas -afirmó tajante.

-Y a su marido, el señor Longinos, ¿qué le contó para ausentarse de casa sin levantar sospechas?

-Pos que tenía que allegarme hasta la capital para visitar a mi hermana, la Angustias, que, por aquellos días, quiso la casualidad, se encontraba de males y me ofrecí a sustituirla en la casa en la que servía. Ya sabrá usted que la misma pertenece a una familia de bien, pues el señorito sacó Notarías y a la Angustias no le falta de nada.

-Y el trayecto, ¿cómo discurrió?

-¿El qué dice usted?

-El viaje, Urraca, el viaje, que cómo fue; ¿ocurrió algo que pidiera haber truncado el mismo?

-Esto último, me perdonará usted, pero no lo he entendido, pero le diré que todo fue bien, menos, claro está, el estado en que se encontraba la niña. Al madrugón que nos pegamos siguió el camino a pie hasta Ventolera del Páramo donde el coche de línea hacía ese día primera parada. De ahí seguimos recorrido hasta Alcázares del Duero, Navalcarnilla y un buen número más de localidades donde el autobús iba parando. Después de más de tres horas de viaje llegamos a Palencia; allí aguardamos un buen rato más hasta que otro coche nos dejó en Presencio, donde tuvimos que hacer noche. Mayormente no son muchos los kilómetros que separan a este último lugar de Burgos, pero pasaba ya el mediodía y hasta la mañana siguiente no pasaba el coche.

-¿Y qué ocurrió al día siguiente?

-Pos que iba a ocurrir, que nos allegamos finalmente hasta el Monasterio de las Huelgas donde me despedí de la señorita, deseándole parabienes. Nos abrazamos, lloramos y me marché.

-Y ella, ¿cómo hizo el camino?

-Imaginará usted que destrozá, por no paró de llorar ni un solo momento. La congoja era tal que una servidora no hacía más que darle agua para beber no fuera a ser que se quedara seca de tanto lagrimear.

-¿Y siguió usted en contacto con ella, quiero decir, la volvió a ver?

-¡No te amuela!, pos claro; de resultas que una vez al año, con motivo de las fiestas de San Pedro y San Pablo, el Longinos y una servidora acudíamos a Burgos por intereses varios. El de él no era otro que asistir a las corridas de toros previstas para la ocasión, además de para emborracharse como un burro, todo hay que decirlo, aunque suene mal. en cuanto a mí me servía también para visitar a mi otra hermana, la Bernarda, que, aunque metida a puta por las circunstancias, era honrada como pocas y de buen corazón, tanto es así que en más de una ocasión me acompañó en la visita al Monasterio donde aprovechaba para confesarse. Y le aseguro que allí echaba un buen rato. Es conocida como La Legionaria, pues goza de gran fama entre los quintos. Otras veces, y con permiso de la madre Superiora, salíamos y paseábamos arriba y abajo por El Espolón, con la compañía también del Arlanzón, aunque en julio ya sabrá usted que de agua escasea. También nos allegábamos hasta la catedral y la Plaza Mayor, si bien nunca entramos en la judería.

-Por el momento creo que esto es todo, señora Urraca. Muy agradecido por lo que me ha contado; imagino no habrá sido fácil para usted después de tantos años.

-Créame, doctor, que asín es. Mabía hecho la firme promesa de no contárselo a nadie, pero dadas las circunstancias...

-Y de esto ni una palabra a nadie, ¿de acuerdo, señora Urraca?

-Quede usted con Dios, que ni una palabra de esta conversación saldrá de la boca de una servidora.

-Así lo espero, y deje a Dios tranquilo que bastante tiene con la Iglesia.

-Menudas cosas que dice usted, señor Doctor.

Una vez que la Urraca salió de la casa de D. Cojoncio, éste se aprestó a redactar la siguiente carta:

Estimada Sor Rubores,

mi nombre es Cojoncio Tenazas. Me he permitido poner en su poder la carta que ahora sostienen sus manos porque el motivo d ela misma creo que es de sumo interés para usted. Antes de nada, debo decirle que, aunque no nos hemos visto en muchos años yo la conozco, pues soy el médico que la atendió en el momento del alumbramiento de su hija Esperanza. Estoy seguro que usted no me recuerda, pues no eran momentos en los que depositar toda energía en rememorar para la eternidad el rostro del que le ayudó a traer al mundo al bebé.

Ha querido el azar, la casualidad o vaya usted a saber quién, que descubriera, pese a los años transcurridos, algo que lleva oculto tantas décadas. Me refiero a la identidad del padre de esa criatura, pero no tema, su secreto está tan a salvo conmigo como el de la confesión con D. Benigno. O eso creo. El caso es que hace ya un tiempo fue elegido como nuevo alcalde el más ilustre de nuestros vecinos. Me refiero a D. Sinforoso Consistorio, otrora matador de toros en Colombia y hombre de solvencia económica gracias no solo al baño de sangre que dejó por cuanta plaza anduvo, sino por lo acertado de sus inversiones en materia de ganado que reunió en la conocida hacienda colombiana, de nombre Inmaculada. Le suena, ¿verdad?

Después de no pocas investigaciones he llegado a la conclusión que nuestro alcalde fue el joven que hace cuatro décadas la dejó a usted encinta. Tuve, no se lo voy a ocultar, algunas dudas, no sólo en materia de autoría paterna como en la propia de redacción de la presente, pues el susodicho, por aquellos años de mocerío, era, según algunas voces, un crápula de cuidado. Sin embargo, me veo en la obligación de decirle que de la misa la mitad. El joven Sinforoso le fue siempre fiel durante su vida en el pueblo, hasta el punto que no conoció otra moza que no fuera usted. Pero el futuro que el destino les tenía reservado les llevó por derroteros que ninguno de ustedes hubiera deseado nunca, y así se ve ahora, recluida entre cuatro paredes y sin más conocimiento del mundo exterior que este texto.

110

Un día de éstos pediré audiencia a la madre abadesa para hacer una excepción con las reglas que rigen en la Orden que la acogió y poder tener con Sor una conversación en la que darle cuenta, entre otras cosas, que además de una hija que no pasa un solo día sin que se acuerde de usted, tiene también un nieto, el Eustaquio, mozo avipado donde los haya (salió al abuelo, no cabe duda, aunque no al padre, si bien eso es otro cantar), y que en la actualidad está en Colombia arreglando un problema con las vacas de D. Sinforoso. Calculo que en un par de meses, a lo sumo, estará de regreso en el pueblo.

De cómo he llegado a enterarme de todo esto le daré cuenta en persona. Aguardo con impaciencia ese próximo encuentro, y confío que el mismo le haga repensar su presente y también su futuro. Aún queda mucha vida por vivir, Sor.

Para lo que usted guste me tiene por completo a su disposición.

Atentamente,

D. Cojoncio Tenazas

Cuando Inmaculada, ahora llamada Sor Rubores, terminó de leer la carta experimentó un sofoco que la hizo tambalear. Menos mal que en ese instante estaba junto a ella Sor Pitanza, responsable de la cocina del Monasterio, a la cual le dio el tiempo justo de soltar el cucharón con el que removió la sopa castellana hecha para la ocasión y agarrar del brazo a la hermana Sor Rubores antes de que tuviera lugar el casi seguro estacazo contra el suelo.

-Ay, hija mía, ¿qué le pasa, qué mal contenía esa carta que la ha dejado blanca como un folio? Ande, tómese un sorbito de esta Mistela y ya verá cómo recupera la sangre. ¡Madre mía, si se ha quedado blanda como un espárrago!

Quedó Sor Rubores como si la muerte se la hubiera llevado para no regresar jamás, pero el sorbito de Mistela que de un trago vació la copichuela y un par de torreznos hicieron del todo innecesaria una posible transfusión de sangre.

-No es nada, Sor, no es nada. Cosas del pasado que me han nublado la vista -respondió Inmaculada una vez ya recuperada; era ella también mujer de soponcios varios, heredados vía genética de su madre, Doña Romana, y que a su vez quiso el misterio de la vida los padeciera igualmente su hija.

-Aun así creo que debería ponerlo en conocimiento de Sor Tomillo para que le prepare en la botica alguna tisana con la que rebajar tensiones, no vaya a ser el demonio y acabe teniendo fiebres.

-Gracias, Sor Pitanza, es usted muy buena, pero me encuentro ya bien. Con su permiso regreso a mi celda para descansar un rato antes de la oración.

-Lleve cuidado, hija mía, y túmbese en el jergón para recuperar sosiegos. Todo está en manos del Altísimo, no lo olvide.

"Y tanto", pensó Inmaculada, "y tanto".

XXI

-Me parece que en éstas, en casa del señor alcalde ya hay marejada -escuchó decir D. Cojoncio mientras sorbía el manchao mañanero en Las tres uvas.

-Y es que la moza está para untar pan y moja. Menudas agarraderas tiene. Y lista como un ajo -decía en la mesa de al lado uno de los parroquianos a sus compañeros de tertulia.

Intrigado por lo que acababa de escuchar, y antes de conocer nuevos datos de lo que en su mente ya se estaba dibujando, medió el médico en la conversación.

-¿A qué se refiere usted? -le preguntó al individuo vocinglero.

-Pos a qué va a ser -respondió-, a que la Matilde se encuentra mayormente ahora en casa del señor alcalde y ya sabrá usted, D. Cojoncio, que el alcalde mansear, lo que se dice mansear, no es lo suyo, más bien al contrario.

-Pero a santo de qué están ustedes imaginando algo que sólo se encuentra en su imaginación -respondió algo airado el galeno-. ¡Cómo les gusta inventar! ¡Como si el señor alcalde no tuviera nada mejor que hacer a sus años que encamarse con esa muchacha! Adiós -se despidió tajante.

Pero como la *lollium temulentum*, vulgarmente conocida como cizaña ya había hecho raíz en le trigal que representaba el cuerpo del doctor, éste se dirigió sin pasar por su consulta hasta Herederos de Afligido. Allí se encontró con Doña Esperanza que se encontraba despachando unas bombillas y una piedra de afilar.

-Buenos días, D. Cojoncio, ahora mismo estoy con usted -le dijo la madre de Taquín con la mejor de sus sonrisas. Unos minutos después y una vez despachada la clientela, Doña Esperanza se acercó hasta la puerta para voltear el cartel y echar el cierre durante el tiempo que durara la visita.

-¿Qué se le ofrece a mi salvador en no pocas ocasiones? -le hizo saber Doña Desmayos.

-Nada en especial -le respondió el galeno como queriendo quitar hierro al asunto. Después de un breve intercambio, D. Cojoncio emuló las artes escénicas de su teatral paciente y, como si no se hubiera dado cuenta de la usencia de la empleada, le espetó:

-Y la joven Matilde, ¿no está?

-Se encuentra en estos momentos en casa del señor alcalde. Ya sabrá usted que la Josefa, la anterior ama de llaves de D. Sinforoso, quedó en estado de buena esperanza y ante la inminencia, Dios así lo quiera, de un feliz alumbramiento, se despidió hasta mejor ocasión - explicó.

"Me da a mí que el alcalde ha vuelto a las andanzas y confunde el páramo castellano-leonés con el altiplano andino en lo que a repoblación se refiere", se dijo D. Cojoncio.

-Entenderá usted que, aunque satisfecha con el trabajo que ha desarrollado Matilde en mi casa, no me puedo oponer a que asista las necesidades de nuestro alcalde, por no hablar que allí no sólo gozará de un mejor sueldo, sino que la manutención también va incluida. Además, no es lo mismo trabajar a las órdenes de una mujer que de un hombre, ambos bien lo sabemos. Las mujeres somos más pejigueras, marimandonas y nunca estamos satisfechas de todo cuanto concierne a lo que es la limpieza, mientras que a ustedes los hombres les basta con que les tengan planchadas las camisas, hecha la comida y la mesa puesta. Ahí se terminan sus exigencias con el servicio. Por no hablar tampoco que no estamos hablando de trabajar en una casa en la que además hay niños, donde el trabajo siempre se multiplica entre lavandería y fogones, principalmente. Es por eso -continuó- que aún a riesgo de tener que hacer yo alguna hora más en la ferretería, no me molestaría que Matilde entrara a servir en casa de D. Sinforoso -concluyó.

"Pues a mí me da que acaba de cometer un mayúsculo error", se dijo D. Cojoncio.

-¿No le parece a usted bien, doctor? -le preguntó la madre de Eustaquio ante la falta de parecer de su acompañante-. ¡Parece como si se hubiera quedado en blanco!

-No, no, me parece muy bien; todo sea por el bien de nuestro alcalde y también del de la joven, pues en un futuro, quién sabe, esas referencias le pueden abrir muchas puertas. Y dicho esto se despidió de Doña Esperanza mientras la gramínea se apoderaba de la cosecha de trigo.

Salió D. Cojoncio de Herederos de Afligido con la misma velocidad con la que entró. Zigzagueó entre calles con celeridad, saludó como era costumbre a cuanto bicho viviente se encontró por el camino, y pasados unos minutos se detuvo ante la puerta de la casa del alcalde donde antes de llamar recuperó el resuello, pues era grande la fatiga. Una vez normalizado el pulso alzó la aldaba y la dejó caer, acción que repitió en dos ocasiones. Como nadie acudió a abrir no dudó en rodear la casa y entrar por la parte trasera donde había un pequeño huerto en el que Zacarías, pariente lejano del alcalde, cultivaba toda clase de verduras. El mismo estaba comunicado con la casa merced a la puerta que daba a la cocina, por lo regular abierta. También lo estaba en la presente y por ella se introdujo el médico en el interior de la casa. Sólo había estado en ella en una ocasión, con motivo de unos ardores estomacales del señor alcalde hasta la fecha desconocidos. Por edad, todo respondía a la presencia de una hernia de hiato que, ocasionalmente, despertaba del letargo y se convertía en una suerte de volcán interior, aunque de duración un tanto efímera. A falta de fármaco que aliviase el efecto d ela lava, el doctor le aconsejó que durmiera con la cama algo inclinada para, así evitar reflujos. Aquel recuerdo le condujo directamente hasta el dormitorio del alcalde, tras abandonar la cocina, cruzar el salón y recorrer un largo pasillo donde a su conclusión se encontraba el espacio del que ahora salían unas voces y también algunas risitas.

Con suma precaución, y tratando de evitar que alguna madera lo delatase con un crujir inoportuno, llegó D. Cojoncio hasta la mismísima puerta del real aposento del alcalde. La misma se encontraba entreabierta, lo que le dio la oportunidad de ver a la joven Matilde tumbada sobre la cama como Dios la trajo al mundo y a D. Sinforoso ataviado con unos marianos como única prenda.

"Lo que son los años", pensó el médico, pues el otrora estilizado matador de toros había perdido el perfil que le hiciera galán, y ahora era la viva imagen de un picador. "Más le valdría perder unos cuantos kilos".

Irrumpió D. Cojoncio en el serrallo como si de un morlaco de Conde de la Corte se tratara para evitar la catarsis.

-¿Pero se puede saber qué coño hace usted aquí? -al tiempo que la Matilde pegaba igual respingo que una liebre para ocultarse bajo las sábanas.

-Inconsciente, que es usted un inconsciente -le gritó el galeno-. ¿No se da cuenta que, además de no estar ya para estos trotes, pues la joven aquí presente no tiene con usted ni para empezar, ha estado a punto de consumar con la nieta del Cipriano? Inconsciente, que es usted un inconsciente -le volvió a repetir.

-La nieta del Cipriano, ¿está usted seguro?

-Totalmente, -contestó D. Cojoncio.

Sin preocuparse de ocultar las vergüenzas, el alcalde le hizo un gesto para que lo siguiera, dejando a Matilde metida en la cama y con gesto que no denotaba precisamente satisfacción. Todo evidenciaba que sus planes se habían frustrado. La joven había puesto sus ojos en el alcalde a la espera de la llegada de Eustaquio. Pero como no estaba segura de que este último fuera a hacer lo propio con ella, pues las informaciones que tenía del susodicho, aunque con posibles, no eran precisamente las propias de un semental, había decidido adelantar planes por si el anterior fallaba. Lo que no sabía Matilde es que el bueno de Eustaquio había conocido en las Américas los placeres del catre, dejando atrás su fama de joven cohibido y renuente al roce. Lo que nunca le abandonaría sería el estigma que le acompañaba desde el mismo día que nació, su rostro, triste como el de un sapo.

Ya en el despacho que tenía en casa el alcalde, D. Cojoncio le explicó con todo lujo de detalles quién era la barragana que yacía sobre su cama. Un tanto sorprendido, D. Sinforoso tuvo a bien recular, algo que también había hecho su entrepierna, pues contra la fuerza de la gravedad nada se podía hacer.

-Está bien, está bien, -dijo acabando de mansear-. Todo es fruto del aburrimiento, y en ocasiones me vienen recuerdos de mis tiempos cuando mozo era, -explicó.

-Como con la Josefa, ¿verdad? -se atrevió a insinuar el médico, a lo que el otro nada respondió.

-Vamos, vístase, y dígale a la Matilde que haga lo propio y vuelva a la ferretería, no sin decirle a Doña Esperanza que le queda muy agradecida, pero que prefiere las labores entre llaves inglesas, tuercas y lombrices para la pesca a gusana antes que la intendencia en su casa. Y ni media palabra más. ¿Estamos? Y hágame el favor de apagar ardores como se ha hecho siempre cuando no hay hembra disponible.

No esperó D. Cojoncio a ver salir de casa del alcalde a la joven Matilde, pero ahora su respiración era ya más pausada que media hora antes. Nada más volver a su casa comenzó a preparar la maleta para emprender viaje hacia Burgos, no sin antes enviar a Eustaquio un telegrama. La parte más delicada de su cometido iniciaba su andadura.

XXII

Eustaquio. Stop. Debes regresar de inmediato. Stop. Tu madre te necesita. Stop. Está en las últimas. Stop. Un barco sale del golfo de Uraba en quince días. Stop. Date prisa, coño. Stop. D. Cojoncio.

Cuando Taquín leyó el texto quedó de una pieza, lo que en nada ayudó a recuperarse después del último encamado con la niña Chole, que se prolongó durante casi un mes y le había dejado hecho unos zorros.

-¿Pasa algo, patrón?, -le preguntó Cogollos Solabarría, preocupado por la repentina mueca que apareció en el rostro de Taquín y que contribuía aún más a mimetizarse con el de un camaleón.

-Creo que debo regresar a España. Mi madre se muere y ha pedido verme antes de irse de este mundo, -contestó Eustaquio.

La noticia contrarió más a Cogollos Solabarría que al Cóndor, pues se corría el riesgo que una vez embarcado no volviera nunca. ¡Y qué iba a ser de su hija, pues a buen seguro, a estar alturas y con tanto trasiego, ya estaría preñada y repreñada!, pensó para sí el padre de la susodicha.

-¿Qué va a hacer usted, patroncito?

-Tú, ¿qué harías en mi lugar?, -le solicitó Taquín.

-Yo, si el patrón me lo permite, y teniendo en cuenta que como dice el cable su madre ya se encuentra más lejos que cerca, rezaría por ella y le desearía un feliz encuentro con el Altísimo, -respondió el capataz, atento más a intereses propios que ajenos.

-Tengo que pensarlo, Cogollos, tengo que pensarlo, -dijo Taquín mientras se retiraba a meditar cuál sería el mejor medio de proceder ante la delicada situación.

Dudó, y mucho, el joven antes de tomar la decisión final. Sopesó lo que había sido el último año en su vida y lo que serían los próximos, tanto si decidía regresar como si optara por la permanencia. En el pueblo debería hacer frente al negocio familiar; continuaría aplicando sus conocimientos sobre todo bicho viviente que sufriera de alguna enfermedad; se tomaría sus carajillos en Las tres uvas, asistiría a misa los domingos; con ocasión de las fiestas locales se marcaría algún pasodoble durante el Baile Vermouth, y poco más. Por el contrario, si la opción fuese seguir al frente de la hacienda, se convertiría en el dueño natural de la misma; tendría a sus órdenes un ejército de fámulos; el dinero nunca sería un problema y en materia de alivios la cosa estaba más que garantizada.

Sin embargo, pensó D. Sinforoso, con el paso de los años, acudió a la llamada de la tierra, lo que le llevó a pensar que ahí residía el dilema; es decir, que por mucho que se pusieran de cara tanto el presente como el futuro, en el horizonte siempre estaría la idea de regresar.

"Me parece que ya sé qué debo hacer", concluyó Eustaquio.

Dos semanas después, y pese a los ruegos de Cogollos Solabarría, se encontraba en la cubierta del mercante que lo devolvería de nuevo a casa. Aun así, el Cóndor no dejó cerrada ninguna puerta y confió al anterior la continuidad en los negocios del alcalde, a sabiendas de que con el tiempo supondría la desaparición de la ganadería, pues cultivaba como nadie el arte de poner nombre a las reses, pero en materia de gestión era un completo cretino.

El segundo pilar acababa de ser instalado. Aún quedaban por colocar otros dos y culminar así una labor iniciada hacía cuarenta años.

XXIII

-¿Le apetece un ponche o un caldito?

-Un ponche estaría bien, madre superiora. El viaje ha sido largo y preciso de un pequeño reconstituyente, -respondió agradecido D. Cojoncio.

-¿Y a qué obedece su interés en hablar con Sor Rubores? Entenderá que como abadesa del convento, debo estar al corriente de cuanto sucede en su interior. Me comprende, ¿verdad?

-Naturalmente, Sor...

-Sor Cristiana, -respondió la superiora.

-Está usted en lo cierto, Sor Cristiana, y así debe ser por la buena marcha de esta noble institución, -apostilló el galeno, provocando un notable crecimiento en el ego de la hermana, porque antes que sor, era tan humana como cualquiera.

D. Cojoncio, como es natural, no entró en muchos detalles, y, por supuesto, obvió el pasado de Inmaculada, no fuera Dios que el Santo Oficio volviera a las andadas. Relató que la conversación con Sor rubores tenía más que ver con asuntos familiares, "ya sabe usted, propiedades, herencias y demás cuestiones que, muy posiblemente, la obligarán a ausentarse unos días del convento, pues deberá firmar no pocos papeles ante el señor notario. Sor Rubores, si es que no está usted al corriente, era de muy buena familia, y media un legado del que, estoy seguro, no dudará en repartir con la Orden", explicó D. Cojoncio.

Esto último sonó en los oídos de Sor Cristiana como si de música de maitines se tratase, pues ya se veía acometiendo una serie de reformas que el convento precisaba con urgencia ahora que nadaba en la abundancia.

El señuelo lanzado por tan ilustre visitante obtuvo la recompensa esperada, de modo que, sin perder un minuto más, Sor Cristiana hizo sonar una campanilla a cuya llamada acudió presta una nueva hermana.

-Sor Latitudes, acompañe al doctor hasta el *scriptorum*, -indicó la abadesa-. Creo que Sor Rubores se encuentra ahora allí.

D. Cojoncio siguió a su guía hasta el lugar indicado por Sor Cristiana, atravesando previamente el magnífico claustro de aquella mole. Tras darle las gracias, el médico tuvo aún el tiempo suficiente para observar, n o sin cierto desagrado, que Sor Latitudes lucía bajo la nariz un bigote como el de un sargento de la guardia civil.

-Para servirle, -se despidió aquel grajo.

Cuando D. Cojoncio e Inmaculada se miraron, el tiempo retrocedió cuarenta años. El médico volvió a ver en aquella joven a la que había ayudado a traer al mundo a una criatura. Pese a lo complicado del parto, la madre, aunque sudorosa por los esfuerzos realizados, conservaba en el rostro una belleza singular, elegante como una mariposa, que le llevó ya en aquel instante a preguntarse cuál sería su origen, pues Doña romana no contaba, precisamente, con la gracia de una venus, mientras que D. Crescencio era la viva imagen de un jabalí.

-Me alegro de volver a verla, -dijo D. Cojoncio.

-Lo mismo digo, doctor -respondió Sor Rubores-. Pero, ¿a qué debo su visita después de tantos años?

-Será mejor que nos sentemos -observó el galeno- tengo la sensación de que me llevará un tiempo.

Durante casi dos horas, D. Cojoncio estuvo detallando a Inmaculada el resultado de su búsqueda, desde las primeras sospechas hasta la confirmación definitiva. A medida que iba narrando sus andanzas, no fueron pocas las ocasiones en que vio cómo los ojos de aquella mujer lagrimeaban por los recuerdos. Puso al corriente la vida llevada por su hija, aunque viuda en vida de Inmaculado Afligido; también de su nieto Eustaquio, de quien D. Cojoncio aguardaba ya que estuviera de regreso a España en lugar de amancebado con una negra y rodeado de catorce hijos, sin contar los espúreos; y, por supuesto, de D. Sinforoso, del cual omitió la vida de perdulario llevada durante sus años en Colombia.

-Y, ¿cómo llegó usted a saber de mí?, -preguntó Inmaculada.

-Como ya sabe, gracias a la carta que puse en sus manos, desde que la asistí en el parto me percaté de que el padre de la criatura que trajo al mundo no era el mentecato de su señor marido, dicho con todo el respeto. Ese mismo día me hice el firme propósito de no alejarme ni de usted ni de la niña, aunque guardando las oportunas distancias para no levantar sospechas. Recordará que siempre estuve cercano cuando mis servicios fueron requeridos, ya fuera cuando agarró el sarampión o en aquella otra ocasión en que le escayolé la muñeca tras caerse en el patio del colegio. Pero fue su repentina y prolongada ausencia, cuando sólo faltaban unos pocos días para que la niña hiciera la primera comunión, lo que me llevó a investigar, aunque sin mucho éxito, se lo confieso. Allá donde tocaba -continuó D. Cojoncio- para preguntar por lo sucedido, me cerraban las puertas en las narices. Ni una sola palabra logré sacar de la mujer de Longinos, el capataz, la cual se hizo cargo de la niña desde ese día. Tenía los labios sellados, así que desistí, si bien continué próximo a Esperanza. El pasado reapareció de nuevo en mi vida hará cosa de un par de años con la llegada al pueblo de D. Sinforoso, convertido en nuevo regidor local. Las conversaciones habidas entre él y yo durante días y semanas, una vez ganada su confianza, provocó que un buen día se viniera a contarme aspectos de su vida desconocidos hasta entonces, con especial atención al momento en que, al igual que hiciera usted pasados unos pocos años, desapareció del pueblo sin dejar rastro. Aquellos secretos provocaron que la vela se encendiera nuevamente y con ella mi deseo por aclarar para siempre lo sucedido en el pasado.

-Pero lo que aun no entiendo, D. Cojoncio, es cómo llegó a saber dónde yo estaba.

-Pues muy sencillo. Verá usted, me quedaban sólo unas pocas piezas para completar el puzzle, pero la persona que las poseía, como si de una monja de clausura se tratara, había hecho voto de silencio. Yo estaba casi seguro de quién se trataba, de modo que no había más remedio que romper como fuera esa promesa con el Altísimo o con quien fuera. Y lo conseguí. Lo primero que hice fue asegurarme del nombre de la misma, lo cual, y como comprenderá, no me fue difícil, teniendo en cuenta que sus señores padres había fallecido. Sobre la tierra sólo quedaba la única alma que conocía aquel secreto familiar. ¡Exacto!, lo ha adivinado usted, la

126

mismísima Urraca. Así que un buen día, aprovechando que su marido, el señor Longinos, andaba atareado con la vendimia, me presenté en su casa para que rindiera cuentas de una vez. Pero ni un hurón habría logrado sacarla de la madriguera en la que encontró refugio tantos años. Le ofrecí dinero, le hice saber que nadie más conocería lo que tanto ansiaba escuchar, hasta le juré que firmaría y pondría por escrito mi silencio, si así lo deseaba. Pero ni por esas. Nada decía. Se limitaba a negar con la cabeza como los flamencos cuando van en grupo. Estuve incluso a punto de tirar la toalla, así que decidí jugarme el todo por el todo y la amenacé.

-¿Cómo dice? ¿Qué amenazó a la buena de la Urraca?, ¡pero si es una santa!

-No me refiero a una amenaza física, sino que la amenacé con la excomunión si fuera preciso, y que ardería en los infiernos si no terminaba por confesar. Fue escuchar tamaña admonición y la buena de la señora Urraca juntó las manos bajo la barbilla, hincó las rodillas en el suelo y comenzó a cantar como un jilguero, temerosa, quién sabe si más por el tormento que el Santo Oficio le tenía reservado que por el descenso al Pandemónium en vuelo directo y sin escalas. Ahora ya sabe por qué estoy aquí y de quién obtuve la información precisa. Pero le pido clemencia para la desdichada, pues en su ausencia cuidó mucho y bien de su hija.

Antes de despedirse, D. Cojoncio creyó conveniente informar a Sor Rubores del mal que aquejaba a D. Sinforoso. Le dijo que desconocía la razón del mismo, que era una especie de amnesia temporal, pero que conforme avanzara en edad podría ir intensificándose hasta hacerle perder la memoria, aunque nada podía afirmarse con seguridad.

-No me importa -respondió la Hermana-. Le seguiré amando y cuidando el resto de mis días.

Cuando D. Cojoncio abandonó tan noble edificio, estaba seguro de haber logrado el objetivo que hasta allí le había llevado. De regreso en el pueblo, y no sin despedirse de la capital burgalesa con una opípara comida en Casa Ojeda, se encontró sobre su escritorio con un telegrama que así decía:

D. Cojoncio. Stop. Estoy de regreso. Stop. El día 28 del corriente en Palencia. Stop. Eustaquio.

"Breve y conciso, no cabe duda", se dijo el médico. Poco a poco el plan iba tocando a su fin. El tercer pilar estaba bien apuntalado.

XXIV

Arribó a Vigo el mercante en el que se había embarcado Taquín dos semanas atrás, tras soportar, eso sí, un par de temporales que le quitaron el moreno que traía de tierras colombianas. "Ha sido aún peor que el viaje de ida", pensó el recién llegado. Sin embargo, aún le quedaban fuerzas para pimplarse cuatro docenas de ostras y una botella de albariño en el Berbés, pitanza con la que recuperar sabores patrios olvidados.

Una vez en la estación de tren fue informado que un desprendimiento de tierras en la localidad de Rivadavia había sepultado parte de la vía férrea, con lo que la línea Vigo-Ourense estaba interrumpida. La alternativa pasaba por llegarse hasta Santiago en el rápido, donde haría transbordo y se incorporaría al expreso del norte, también llamado el transiberiano en honor a su homólogo soviético que enlaza las ciudades de Moscú y Vladivostok. La diferencia estribaba en que la cafetera española unía La Coruña y Barcelona en prácticamente el mismo tiempo que le llevaba al anterior cubrir una distancia diez veces superior. Sería injusto no decir que, si bien la locomotora rusa se debía enfrentar a los Urales y al desierto del Gobi, no le andaba a la zaga atravesar Los Monegros, y más en verano.

Una vez en la ciudad del Apóstol, y teniendo en cuenta que al expreso del norte no se le esperaba hasta pasadas cuando menos cinco horas, decidió Taquín callejear por la parte antigua de tan hermosa ciudad y asombrarse anta la fastuosa fachada catedralicia; en su interior, y con la desaprobación segura de Diego Gelmírez, dio un abrazo al Santo en señal de arrepentimiento por tanto pecado cometido al otro lado del Océano. "Confío en que me persone si es que no le ha dado ya un síncope", rezó Eustaquio.

La visita continuó por el antaño hospital reconvertido ahora en parador nacional, establecimiento que comenzaba a repoblar España con igual rapidez que hacían los pantanos, el palacio de Fonseca, centro del conocimiento humano; el ayuntamiento compostelano, la rotundidad de la Plaza de la Quintana y cuanto edificio encontró, con especial atención a iglesias como San Martín Pinario y su espectacular altar mayor, o Santa María Salomé, humilde pero muy coqueta; en todas ellas volvió a mostrar arrepentimiento por su pasado reciente, ya que no las tenía todas consigo y dudaba de la bendición y magnanimidad del Apóstol. "Más que como cristiano, yo creo que me ve como moro", pensó.

Sabedor de que el trayecto hasta Palencia conocería de no pocas paradas, se aseguró de no pasar hambre, de modo que en una rápida visita hasta la coqueta plaza de abastos local, hizo acopio de viandas varias que incluyeron una hogaza de pan, un queso de tetilla, una empanada de bacalao con pasas y un par de botellas de purrela, un tinto peleón como pocos, pero que le ayudaría a entrar en calor.

Una vez en el tren, decidió que antes de empezar con la manduca era preciso cabecear un rato. La siesta se prolongó por espacio de cuatro horas. Cuando despertó aún acababan de abandonar la estación de tren de Ourense, por lo que el viajero decidió obsequiarse con un buen trozo de empanada, dos señoras tajadas de queso con pan y media botella del tintorro. Acto seguido volvió a plegar la oreja.

XXV

D. Cojoncio tenía la misma confianza en la puntualidad de la Renfe que en el horario que tenía asignado el coche de línea, es decir, ninguna, por lo que decidió no apurar el paso, o mejor dicho, el acelerador del Citroën Pato que conducía y llegar sin excesiva antelación hasta Palencia, donde recogería al hijo de Doña Esperanza. Una vez más su empirismo, cultivado durante décadas, le volvió a dar la razón, por lo que el transiberiano hizo su entrada en la estación capitalina con dos horas y media de retraso. "Así nunca llegaremos a nada", suspiró.

Del coche de tercera clase descendió por fin Eustaquio. En la mano derecha llevaba la misma maleta con la que emprendió el viaje de ida, y en la otra sostenía una bolsa en cuyo interior había un cuarto de botella de vino y un trozo de hogaza de pan. De la empanda y del queso de tetilla no había ni rastro.

Tras un efusivo abrazo, acompañado de las sempiternas palmadas en las espaldas, D. Cojoncio puso a Taquín al corriente de la situación, haciéndole saber que el telegrama que recibió, en el que se le informaba que la enfermedad que su señora madre padecía la haría reencontrarse con San Pedro en breve, había sido, en realidad, una patraña para hacerle volver.

-No te enfades, Eustaquio, ahora te lo explico todo en el camino de vuelta. Tenemos tiempo -dijo D. Cojoncio, el cual no pudo dejar de observar que, pese al tiempo transcurrido, los aires caribeños no habían aliviado ni un poco el entristecido rostro del joven. "La misma cara de simple que las vacas que cuidó", pensó. Por su parte, Taquín, nada objetó, pues era de naturaleza algo lenta y conformista.

Durante el trayecto de regreso hasta el pueblo, el médico puso al joven al corriente de cuanto había sucedido cuarenta años antes, sin escuchar ni una sola palabra del nieto de D. Sinforoso que interrumpiera el discurso.

-Lo tengo todo bajo control -explicó D. Cojoncio- mañana tu abuela, la madre de Doña Esperanza, estará de regreso. Se alojará en la que fue su casa, pues la misma la dejaron sus padres en herencia a la Urraca y a su marido, el Longinos. Al día siguiente, y con el propósito, de que descanse tengo previsto convocar a todos en mi casa donde comeremos. Debo advertirle que el alcalde está aquejado de unos aires que, en ocasiones, le dejan sumido en una especie de trance del que sólo despierta pasados unos minutos. He estado leyendo y estudiando el asunto, pero de momento no creo que pase de ahí. Más adelante ya veremos. Será un momento de reencuentros, de lloros, de mucha emoción y hasta del resurgimiento de amores pasados, así que confío en que, al menos tú, te guardes entero para consolar a tu madre que ya saber que es de desmayos fáciles.

-Quede con Dios, que así procederé -respondió seco pero firme Eustaquio-. Por cierto, cuando el señor alcalde me citó en el ayuntamiento y me ofreció irme a las Américas, ¿sabía ya que tenía delante a su nieto?

-Lo desconozco, Taquín, pues todo se ha desarrollado muy rápido en los últimos meses. Aun así,

D. Sinforoso es hombre listo, y me temo yo que algo le rondaba ya la cabeza, pues recordarás que por aquel entonces visitaba con frecuencia a tu madre, y tras tu marcha su presencia en Herederos de Afligido fue aún mayor.

Cuatro horas después de su salida de Palencia, el Renault Pato de D. Cojoncio aparcaba en la puerta de la ferretería. A su encuentro salió Doña Esperanza hecha un mar de lágrimas y a punto de sufrir uno de sus famosos síncopes, pero no era esta la ocasión para destapar la botella de Marie Brizard. Detrás apareció la Matilde que rápidamente clavó sus ojos de lince en los de Eustaquio, incapaz de desprenderse del abrazo materno. "Menuda cara más triste tiene", pensó la nieta del Cipriano, si bien inmediatamente se dio cuenta de que el muchacho había caído ya en la tela de araña que era el escote generoso de la muchacha, pues ya sabrá a estas alturas el lector que era de natural enamoradizo. Para no dejar escapar a su presa le obsequió con una sonrisa picaruela y de besos mejilleros que zalamearon con la comisura de los labios.

El gesto, inadvertido para la viuda en vida de D. Inmaculado Afligido, adherida al brazo de su hijo con la misma firmeza que una lechuza a la rama de un castaño, no se le escapó a D. Cojoncio que hasta acabó por sonreír con disimulo. "En realidad -pensó- mejor que acabe en el pulguero con este mastuerzo que en el catre de D. Sinforoso".

XXVI

Sor Rubores, o mejor dicho, Doña Inmaculada de todos los Santos, que era el nombre completo de la abuela de Eustaquio, llegó al pueblo por primera vez desde su huida del mismo hacía ya varias décadas. No le llamó la atención que nada prácticamente hubiera cambiado en la pequeña localidad, pues hasta esa parte de Castilla no había llegado aún al reclamo laboral de los dos grandes polos de desarrollo patrio que eran Cataluña y el País Vasco. Con el tiempo sí acabaría formando parte de la España vaciada.

La fiel Urraca le abrió la puerta hecha un mar de lágrimas, pues era mucha la emoción. Por si no fuera suficiente, Inmaculada vestía de calle. Había dejado los hábitos en el monasterio y para la ocasión lucía, eso sí, un discreto traje compuesto de chaqueta y falda gris, zapatos planos y un bolso negro.

-¡Qué alegría volver a tenerla en casa de nuevo, señorita! La de recuerdos que le traerá el pueblo, ¿verdad?

-Así es mi querida Urraca, así es. Pero a lo que más temo es a volver a encontrarme con él. ¿Cómo está?

La que fuera su niñera le contó todo cuanto se refería a D. Sinforoso. Desde el mismo día de su llegada, pasando por la comida que ofreció a todo el pueblo, sus quehaceres en el Ayuntamiento, las mejoras que había conseguido, dispensario incluido, su buena relación con los vecinos, "y no le voy a engañar, pos algún kilo de más sí que tiene", reconoció Urraca. Pero Esperanza seguía manteniendo intacta en la memoria la figura de aquel joven con el que se hizo mujer a la luz de la luna.

Ya en su habitación no pudo evitar que sus ojos se llenasen también de lágrimas. Hasta el Longinos sufrió una suerte de congoja que le impidió el habla. Ahora había que descansar. El gran día se acercaba y era preciso causar una buena imagen. Frente al espejo que cubría el interior de una de las tres hojas del armario ropero, Esperanza comprobó que el paso del tiempo había hecho de las suyas en su rostro, pero aun así conservaba todavía el mismo aire juvenil que tiempo atrás cautivó a Sinforoso Consistorio.

Mientras los recién llegados recuperaban fuerzas tras los kilómetro realizados, D. Cojoncio daba órdenes a su nueva ama de llaves, reclutada in extremis, para que todo estuviera a punto para la comida del día siguiente, desde vajilla, cubertería y cristalería, pasando por la manduca, marisco de la tierra como entrante, seguido de judiones de La Granja y cordero lechal al horno, todo regado con poderoso tintos del Duero, "y no como la mierda que me dio a beber el imbécil de Eustaquio", recordó con desagrado el médico. ¡Mira que hay buenos vinos en Galicia, y el mentecato este me trae el mismo tinto peleón que sirven en Las tres uvas!".

Aún aguardaban varias horas de preparativos, pero todo tenía que salir a la perfección. Aquella noche fueron pocas las horas que durmieron los invitados a la comida. Desde D. Sinforoso, pasando por Doña Inmaculada, su hija, Doña Esperanza, y el mismo D. Cojoncio. Tampoco Taquín durmió gran cosa, pero no por el reencuentro familiar, sino porque en su mente se había quedado grabada la imagen del escote de la Matilde. Todo hacía presagiar que la niña Chole no era ya más que un recuerdo en vías de desaparición.

XXVII

La comida en casa de D. Cojoncio cumplió todas las expectativas. El plan que durante años había trazado aquel médico había tocado a su fin. El cuarto pilar fue colocado con idéntico éxito que los anteriores hasta conformar una estructura sumamente sólida. Su afán por descubrir la identidad del que fue gran amor de su alcalde se encontraba ahora sentada a su derecha. Aquella joven a la que en una fría madrugada de enero había asistido a un parto plagado de dificultades tenía ahora sentada a su frente a la criatura que había traído al mundo. Junto a ella se encontraba el que era su nieto, un joven delgado, serio, humilde y trabajador, al que todo el pueblo tenía en estima por su generosidad ilimitada, aunque no muy agraciado había que reconocer. Cuando conoció la piltrafa humana en que había aquedado convertido el marido de su hija entendió el porqué.

Los ojos de D. Cojoncio se depositaron también en el rostro de D. Sinforoso. Ocupaba la silla a la derecha de Doña Inmaculada, de modo que en un descuido provocado por la caída al suelo de la servilleta que tenía el galeno anudada al cuello cual babero, pudo comprobar cómo las manos de ambos se rozaban. Aquel gesto, breve pero intenso, conmovió al médico. Ese hombre y esa mujer volvieron a sentirse de nuevo como los dos jóvenes enamorados que fueron. La mesa la completaba el párroco local, D. Benigno Pila Bautismal, invitado para la ocasión por complicidad con D. Cojoncio, el cual hizo como si no viera la química que había entre el mandatario local y la que hasta la fecha había sido sierva de Cristo. No quiso Dios, afortunadamente, que el fraile se percatara de la dimensión que adquirían los ojos de Eustaquio cada vez que se procedía a cambiar los platos.

D. Cojoncio le había pedido a la Matilde que ayudara a su ama de llaves con la comida, de modo que, si bien la joven guardaba las distancias con los convidados, no hacía lo mismo cada vez que tenía que llenar el vaso de vino a Taquín. Inclinaba su cuerpo mucho más de lo necesario, de modo que su pecho acababa rozando con tentadora suavidad el hombro del joven. Fueron tantas las ocasiones en que esta tarea se repitió que a la mente de Eustaquio llegaron correrías del pasado, por lo que se vio obligado a guardar las formas antes de empezar a brincar y girar como un derviche. Lo que no pudo evitar que una cogorza soberana.

Pasados solo dos meses de aquel primer encuentro, D. Sinforoso y Doña Inmaculada se daban el sí quiero que no pudieron pronunciar cuarenta años atrás. Todo el pueblo asistió a la ceremonia y las dos páginas de Sociedad de la Gaceta de Castilla se dedicaron por entero a informar del enlace.

Pero esta no fue la única ceremonia que tuvo lugar en el pueblo. Transcurridos sesenta días desde el anterior enlace fue preciso, y urgente, celebrar una segunda boda. Nadie, ni los más viejos del lugar, recordaban un hecho semejante. Los protagonistas en esta ocasión fueron Eustaquio y la Matilde. La razón no fue otra que la incipiente barriga que, como si fuera un hongo, comenzaba a crecer en el cuerpo de la joven.

"Tiene cara de tonto, le confesó Matilde a una prima suya, pero a vivo no hay quien le gane".

En plena conversión matrimonial, llegó el momento en que D. Benigno Pila Bautismal preguntó a los dos jóvenes aquello de "deseas por esposa a...", no sin echarle al semental una mirada de completa reprobación y a la Matilde otra que venía a significar más o menos lo mismo, pues el tarje de novia acampanaba ya a la altura de la cintura. Cinco meses después nacía su primer retoño al que seguirían seis más. Pese a la negativa de Matilde se le puso por nombre Prematuro. Nunca se supo la razón, pues los casi seis kilos que registró la criatura no le hacían el honor. La mayoría se inclinó por la costumbre existente a ambos lados del océano de bendecir a toros y vacas con un nombre al uso, y en la presente, aunque con sólo dos patas, el bebé, por sus extraordinarias dimensiones, era lo más parecido a un ternero.

Cuando la ceremonia tocaba a su fin, y aún con la incomodidad cristiana reflejada en la faz del oficiante, D. Cojoncio, *Cito* para los más íntimos, ajeno a todo, reflexionó: "esta familia no tiene remedio".

La historia se volvía a repetir, aunque en esta ocasión los convencionalismos sociales habían prescrito.

De Jaque libros

© Alfonso Basterra Camporro

Foto de portada, *Pueblo*, de Cristian Cristian

primera edición, 2025

Ediciones Vitruvio
C/ Menorca, nº 44
28009
Madrid
Tlf: 91 573 21 86

© ediciones vitruvio, nº 1. 700
ISBN: 978-84-129496-2-9
Depósito legal: M-27649-2024